RAINER GROSS
JAHRTAUSENDWENDE

AF222372

Vor zwei Jahren ist er nach Nürnberg gezogen. In die Großstadt. Er will versuchen, von der Schriftstellerei zu leben. Vor zwei Jahren hat er geheiratet, seine Frau studiert und arbeitet am Flughafen, er verdient mit VHS-Kursen und als Plattenverkäufer im Drogeriemarkt dazu. Gott ist da, aber fern. Im Bestehen Tag für Tag drückt sich ein Leben aus, das seine Geschichte noch nicht gefunden hat. Eine unsichere Existenz, bedroht von der Gleichgültigkeit der Welt, getragen täglich von Mut und kleinen Hoffnungen.

Der erste Band des Schriftsteller-Zyklus von Rainer Gross.

Rainer Gross, Jahrgang 1962, geboren in Reutlingen, studierte Philosophie, Literaturwissenschaft und Theologie. Heute lebt er mit seiner Frau als freier Schriftsteller wieder in seiner Heimatstadt. Er wurde 2008 mit dem Friedrich-Glauser-Debütpreis ausgezeichnet.

Bisher sind rund siebzig Titel von Rainer Gross erschienen. Zuletzt veröffentlicht: Novemberland (2023); Schafsgezwitscher (2023); Das heiratende Mädchen (2023); Jesus trinkt den Kaffee schwarz (2024); Café im Hof (2024); Abschied in Cork (2024); Es kommt ein Schiff (2024); Seminaristenblues (2025).

Rainer Gross

Jahrtausendwende

Roman

Bibliographische Information der Deutschen Nationalbibliothek:
Die Deutsche Nationalbibliothek verzeichnet diese Publikation in der Deutschen
Nationalbibliographie; detaillierte bibliographische Daten sind im Internet über
http://dnb.d-nb.de abrufbar.
Kein Teil des Werkes darf in irgendeiner Form (durch Fotokopie, Mikrofilm oder
ein anderes Verfahren) ohne schriftliche Genehmigung des Verlages und des Autors
reproduziert werden oder unter Verwendung elektronischer Systeme verarbeitet, ver-
vielfältigt oder verbreitet werden.
© Rainer Gross 2025
Verlag: BoD · Books on Demand GmbH, Überseering 33,
22297 Hamburg, bod@bod.de
Druck: Libri Plureos GmbH, Friedensallee 273, 22763 Hamburg
Umschlagfoto: Asvolas
Alle Rechte vorbehalten
ISBN: 978-3-8192-6524-2

Denen, die's angeht.

Spazieren gehen in den Abend. Der Himmel klar und ein letztes Licht. Am Fluss entlang, über den Kettensteg, durch Gassen und Anlagen unter kahlen Bäumen, hinaus zum Pegnitzgrund. Wenn du hier weitergehst, kommst du bis nach Fürth, sagt seine Frau.

Das Wasser strömt grau und glatt, sachte Wirbel, Schwäne im Gesträuch. Durch einen Torbogen treten sie in die Novemberaue, ein Damm schützt den Flanierweg, der Fluss verschwindet in dämmriger Ferne. Kahler Himmel, Entenflug. Spaziergänger und Läufer, ein Herr mit Hund. Auf dem gegenüberliegenden Ufer würden sie durchs Gras gehen, durch einen totgesagten Park, der unter ihnen zu leben begänne.

Der Strom zieht, das Ziehen lässt an Ziele denken. Welche Ziele setzen sie sich? Welche Werke sollen entstehen? Welche Schiffe kommen geladen: ein flink treibender Nachen, eine wirbelnde Nussschale, ein behäbiger Lastkahn, ein kreuzender Weltumsegler?

Sie lehnt versunken am Geländer und isst eine Mandarine, er pafft Pfeifenrauch in die Abendluft. Sie schweigen. Sie sagen so viel. Eine Schnittstelle, ein Knotenpunkt, denkt er und schaut den Wirbeln zu, wie sie lautlos sich im Strom ebnen. Einer dieser weiten Kammern aus Zeit, in denen sich die Geschichte fügt zu gelungenem Leben. Ihre Ehe wie ein Haus, eine Stätte am Ufer, wo sie wohnen in friedlichen Gründen.

Er versteht sie erstmals. Als er aufschaut, ist es, als blickte er ihren Weg zurück, ihren und seinen und den gemeinsamen, und erst jetzt ist es ein Weg. Erst jetzt führt er zu einem Ziel.

Du und ich, denkt er, wir wissen nicht, was kommt. Sie lässt einen Schnitz in den Fluss fallen für die Enten und wird traurig, wie er versinkt. Er klopft die Pfeife aus und reibt die Hände gegen die Kälte. Sie wissen nun, was jeder will. Auf dem Rückweg gelangen sie durch die Weintraubengasse zum Hauptmarkt.

Der Christkindlmarkt hat begonnen. Die Geschäfte sind erleuchtet, Menschen sind unterwegs, die Buden umlagert von späten Gästen. Süßes lockt und Windlichter, Bratwürste und Lebkuchen. Unter dem beleuchteten Turm von Sankt Lorenz kaufen sie sich ihren Adventskranz: Er wird sie in dieser Zeit des Wartens, der langen Abende begleiten.

Beim Abwaschen des Geschirrs denkt er: Warte auf die Querschläger, Kind der Zeit! Sie werden kommen ...

Draußen ist es kalt. Es ist Ende November. Die Rollläden sind herabgelassen bis auf einen Spalt, durch den das Licht der Straßenlaternen dringt. Im Innern faucht der Gasbrenner im Ofen. Kerzen leuchten, Duft nach Tannenreisig und Gewürzen. Die Stunde nach Mitternacht.

Er sitzt auf dem Boden, hört der Musik zu, die aus dem Kopfhörer dringt. Ihre Einsamkeit war damals, als er sie zum ersten Mal hörte, eine Metapher und wird heute zur Lüge, wenn er nicht auf der Hut ist.

Vieles wird Lüge, denkt er. Die Hände, die in der Sommerhitze eines Burgennachmittags Efeublätter zerrupfen. Bananenblätter hinter Bretterzäunen in den Vororten von Melbourne, *einst, wo – ich unzuhause*, denkt er: Selbst das wird Lüge.

Der Tee dampft und schmeckt nach Rosen. *– die Abende oft auf ein Wasser sahen*, geht es weiter. So wie nun: Rosenwasser. Bananen pflanzt man in Plantagen als einjährige Stauden, die, fruchtbeladen, gefällt werden. Er hört, wie das scharfe Machetenblatt in den saftigen Stamm fährt, wie die Staude knickt, kein dürres Rohr, kein glimmender Docht, sondern schwer von diesem einen schwülen Jahr der Reife. Gefälltwerden, denkt er, schwer von Geschichte. Zählt das auch? Ist das auch ein Grund? Ist Geschichte nicht auch eine Frucht? Gefällt werden wollen. Wie damals, in Melbourne, die Bananenblätter über den Bretterzäunen.

Wer keine klare Sprache hat, verstrickt sich in Lügen, denkt er. Alles ist Lüge, was Menschen nicht als Menschen sieht. Alles ist Lüge außer dem Sohn, denkt er und nippt an dem dampfenden Rosenwasser. Menschen erhängen sich in Sicherheitszellen oder entleeren Magazine einer Schnellfeuerwaffe in ein Autofenster, weil sie sich selbst und andere nicht mehr als Menschen sehen können. Also fängt doch alles damit an, dass keiner weiß, was ein Mensch ist. Des Menschen Wirklichkeit. *Des Menschen Angst und Qual.* So hieß ein Büchlein, weiß, dünn, klein von Format, das er in der Schule als Preis für einen Vorlesewettbewerb erhalten hatte. Seither ist für ihn Angst weiß.

Draußen hat es geschneit. Leiser Flockenwirbel in den Großstadtstraßen, Träufeln im Neonlicht. Menschen gehen im blauen Dämmer, stumme Gestalten vor Backsteinkirchen wie vor einem übermächtigen Schicksal. Eingemummt gegen die Kälte geht er: Schal, Kapuze, Handschuhe. Die Schritte tun gut, auch wenn es keine Schritte im strahlenden Morgen von Melbourne mehr sind.

Es geht endlich heim!, könnte er jubeln und den knotigen Wanderstock von sich werfen. Aber es geht noch nicht heim.

An einem Obststand gibt es Mandarinen mit Blättern. Die Auslagen sind mit Planen abgedeckt wegen der Kälte. Im Teeladen erkundigt sich die Verkäuferin nach der Herkunft einer Kundin: Sie sei auf allen Christkindlesmärkten gewesen. Kräutertee mit Gewürzen. Weihnachtsmandeln. In einer Kaufhalle eine Fransendecke mit Schottenmuster, die sie zuhause vor die Fenster hängen. Wegen der Kälte. Damit er nachts lange sitzen und schreiben kann. Für seine Frau kauft er ein Nikolausgeschenk. Sie wird sich freuen am Montag, wenn sie von der Uni nach Hause kommt, sie wird sich freuen über die gefüllten Stiefel.

Über solche Dinge freuen wir uns gerade, denkt er. Denn es ist dunkel in uns und klein, klein ...

Auf dem Platz spielt eine Blaskapelle. *Süßer die Glocken nie klingen.* Später, gegen neun, klingen tatsächlich die Glocken. Um die Süße des Klanges zu beurteilen, müsste man ihre Botschaft kennen, in diesen Tagen und in den übrigen. Eine Backmischung und zwei Tüten Milch. In der Bank steckt er seine Kontokarte in einen Automaten, bedient einige Knöpfe und erhält schnarrend Geld aus einem Schlitz.

Freitagabends um halb sechs. Oder sonstwann. Die Zahl auf dem Konto wird um den ausgezahlten Betrag verringert. Später leert er den Briefkasten und findet eine Rechnung von einer Inkassofirma vor, die alle Pläne über den Haufen wirft. Das bunte Licht am Fenster wird lächerlich und die Kälte bedrohlich. Er beschließt, seiner Frau die Rechnung zu zeigen und mit ihr das weitere Vorgehen zu besprechen.

Heimgekommen. Der Ofen heizt auf fünf, die Flamme faucht. Im Badezimmer, das keine Heizung hat, ist es ausreichend warm. Er legt die Decke auf dem Sofa bereit. Heißes Wasser aus dem Durchlauferhitzer. In allen Zimmern hat er die Rollläden herab gelassen. In die Wanne rauscht und dampft es. Unter Zusatz des grünen Kräuteröles steigt ein Duft auf: Wacholder. Bücher liegen bereit, frische Wäsche, das große Frottiertuch. Während er in der Wanne liegt, horcht er auf Schritte im Treppenhaus. Auf das Drehen eines Schlüssels im Schloss. Auf ihr Hereinkommen und Rufen. Hier bin ich!, wird er antworten. Darauf hat er gewartet. Und sie öffnet die Tür einen Spalt, der Dampf zieht sichtbar in den kühlen Flur hinaus, angezogen in Mantel und Schal steht sie da, während er nackt im grünen Wasser liegt.

Auf dem Stövchen wartet ein Weihnachtstee. Eine Schale mit Nüssen, ein Korb Mandarinen, ein Teller mit Süßigkeiten. Wie jeden Abend. Draußen im leisen Schneefall gehen die Leute knarrend. Manchmal schlägt eine Autotür und springt ein Motor an. Sie ist müde und muss morgen zu einer Vorlesung. Manchmal liegt einer von ihnen allein im Bett, nachts sie, wenn sie unruhig schläft und darauf wartet, sich an ihn drücken zu können, oder morgens er, wenn es kalt geworden ist neben ihm und der Tag, in dem sie bereits unterwegs ist, ihn nicht gefunden hat. Sie warten viel in diesen Tagen.

Zuhause schreibt seine Frau an ihrer Diplomarbeit. So lange kann er nicht an den Rechner. Im Sommer wird sie fertig sein. Sie arbeitet Teilzeit am Flughafen, Passagierabfertigung, sie macht es gern. Ein leichter Job, sagt sie, und wenn Feierabend ist, kann sie alles zurücklassen. Schichtdienst. Wenn das Drehkreuz stattfindet, hat sie viel zu tun. Er hat ein schlechtes Gewissen. Sie haben miteinander vereinbart, dass er schreibt und sie das Geld verdient, wenn sie fertig ist. Schriftsteller, denkt er. Er will mit Nebenjobs Geld dazu verdienen. Volkshochschulkurse. Vorträge. Seminare anbieten zum Thema Lebensgeschichte. Stellenangebote in Zeitungen. Einen Fuß in die Tür kriegen.

Während seines Studiums hat er in den Semesterferien in der Fabrik gearbeitet. Autozulieferer, namhaft. Maschinenbediener, Leiterplattenbestückung für Einspritzanlagen. Vier Wochen, sechs Wochen. Die Zulagen rechneten sich, und er gewöhnte sich bald an die Arbeit. So schlimm, wie er es sich vorgestellt hatte, war es gar nicht. Trotzdem fragte er sich danach immer, wie er das überstanden hatte. Die Monotonie, die große Halle voller Maschinen und Technik um ihn her, die Menschen Beiwerk, Sklaven der Automaten, Schichtdienst ab morgens halb sechs oder bis Mitternacht. Nach der Frühschicht hatte er noch den Nachmittag, musste aber am Abend früh ins Bett. Nach der Spätschicht strolchte er in der Nacht umher, konnte aber mit dem freien Morgen nichts anfangen. Es waren Wochen, in denen die Anspannung blieb, in denen er sich nicht sinken lassen, Kind sein konnte, arglos und unbeschwert. Er musste in der Männerwelt bestehen. Er musste überleben. Er will nicht mehr in der Fabrik arbeiten.

Einmal fährt er nach Langwasser hinaus,

weil jemand gesucht wurde mit *gutem Deutsch in Wort und Schrift.* Ein Versicherungsmakler, der ihm auf einem Papier mit Kreisen und Pfeilen das Versicherungsprodukt vorstellt, das seine Firma verkauft. Er nickt. Das ist einfach zu verstehen. Aber was hat das mit gutem Deutsch zu tun? Der Makler führt ihn in ein kleines Büro, wo ein Telefonapparat steht. Er soll die Kunden anrufen und von diesem Produkt überzeugen. Die Anzeige sollte nur sicherstellen, dass sich keine Ausländer bewerben. Er ist enttäuscht. Das ist nicht das, was er tun möchte, aber er will es mit seiner Frau besprechen. Draußen in Langwasser liegt Schnee.

Weiß wie Schnee, denkt er. Weiß wie die Leere. Weiß wie das Hintergrundrauschen der Wirklichkeit, unentzifferbar weiß, eine der lügenhaften Rückwärtsbotschaften auf Schallplatten, ob rückwärts oder vorwärts, es ist dieselbe Lüge.

Er kocht Pasta und eine Soße mit passierten Tomaten, Pilzen, Speck und Gewürzen. Er steht am Gasherd, versunken in seine Handgriffe, seine Bewegungen, seine Verrichtungen mit Topf und Kochlöffel und den Spaghetti, die noch hart sind und sich nicht biegen lassen und aus dem Topf heraus stehen. Das Wasser brodelt und wird milchig. Der Dampf steigt auf und wird von der Abzugshaube aufgesogen.

Sein Leben lang hat er gegen die Lüge gekämpft und, weil die Lüge in ihm selbst eine Quelle hat, gegen sich selbst. Das hat sich durch seinen Glauben nicht geändert. Noch immer bin ich unzuhause, denkt er. Ausheimisch. Ein Schwan, federlos. Weißer Schwanenwahn.

Nachdem das Essen fertig ist und warmgehalten wird, bis sie vom Flughafen kommt, sitzt er im Wohnzimmer vor dem Fernseher. Der Apparat läuft ohne Ton, die Bilder flimmern. Der Gasbrenner faucht im Ofen. Er hört hinter der Stille, hinter dem Hintergrundrauschen der Wirklichkeit eine Anwesenheit sich nähern.

Plötzlich tritt jemand ins Zimmer und will Gast sein.

Er kennt ihn. Er hat ihn erwartet. Er schaut auf und weiß wieder, dass er nicht allein ist, niemals mehr allein sein wird.

Sie sind beide bei mir, denkt er. Die Eine auf dem Nachhauseweg. Der Andere unsichtbar immer.

Am Sonntagabend singen sie Adventslieder. *Der du die Zeit in Händen hast. Ist auch dir zur Seite.* Die Lieder aus seiner Kindheit bewegen ihn. Er denkt an die vielen dunklen Zeiten in seinem Leben, solche wie jetzt, denkt er, in denen er mit seinem Gott rang, nach ihm suchte, sich nach ihm ausstreckte. Das hat sich nicht geändert. Auch heute noch ist ihm das Leben ein Rätsel und Gott ein Abgrund. Immer noch kann er ihn nicht greifen. Immer noch verkehren sie in Metaphern und Kassibern miteinander, kleine zerknüllte Zettelchen in Manteltaschen oder Pullovern, die er aus seinem Gefängnis nach draußen schmuggelt, durch seinen Anwalt, denn ohne Metaphern geht es nicht.

Max Frisch fällt ihm ein, was er im *Stiller* schreibt: *Zuweilen habe ich das Gefühl, daß ich all dies nur träumte; das Gefühl: Ich könnte jederzeit aufstehen, die Hände von meinem Gesicht nehmen und mich in Freiheit umsehen, das Gefängnis ist nur in mir.* Aber das ist es ja gerade, denkt er: Dadurch, dass das Gefängnis in mir ist, kann ich ihm nicht entrinnen. Ich selbst bin das Gefängnis.

Er bleibt lange wach. Singt leise die Kinderlieder vor sich hin, Tränen in den Augen. Wohin geht das alles bloß?, fragt er sich. Wozu das alles? Er schaut sich einen Film im Fernsehen an, einen stillen, bleiernen Film, der genau passt zu den Gedanken, die er sich nicht machen kann, weil sie ungreifbar bleiben. Die Geschichte zweier Schwestern. Die Geschichte

17

einer Geschichte. Geschichte und Geschichte, Fabel und Historie, ein Thema, das sich durch diese Monate zieht, seit er hier ist. Die Geschichte, die ein Leben gewesen sein wird, und die Geschichte eines Lebens, das eine Geschichte schon zu Lebzeiten gewesen sein wird. Wie verlaufen Geschichten in dieser Welt?, fragt er sich. Wie geschieht so ein Leben, das hinterher eine Geschichte ergeben wird? Wie eine Feder im Wind? Planlos und doch mit sicherem Ziel? Beides: Aporie und unweigerliche Bahn, Willkür und Entscheidung, Zufall und Sinn?

Wie kann ein Mädchen, das brav das Tischgebet sprach und einen Bibelkreis übernahm, später Nahkampfunterricht in einem Wüstencamp nehmen und sich im toten Trakt erhängen? Wie können Menschen von sich und von anderen anders reden als von Menschen? Wie können Menschen anders vom Leben reden als von einem kurzen, verständnislosen Vorspiel, als von einer Reihe zusammenhangloser Tage, einer hinter dem andern, bis die Strecke abgegangen ist? Und dann?

Die grüne Kerze brennt. Das Glas ist zerbrochen, das Windlicht, das seine Frau mit in die Ehe gebracht hat vor zwei Jahren. Das ist eine andere Geschichte. Glas und Geschichte zählen nicht, denkt er. Was zählt, ist dieses ruhelose, hartnäckige, stumme Fragen in ihm.

Er kennt den nicht, an den er glaubt. Er kennt den nicht, dem er täglich die schmale Hoffnung seines Überstehens anvertraut. Er steht im dunklen Wasser, eine ferne blutrote Sonne am Horizont, sieht seinen Stand verschwinden im schwarzen Abgrund, tausend Meilen tief, kann unmöglich heraus ragen aus diesem Meer, kann unmöglich sein, und steht doch, wartet doch, auf den Tag, der kommen muss.

Die bunte Lichterkette, die sie gestern gekauft haben, brennt. Die Stimmen vom Fernseher. Leise, um seine Frau im Bett nicht aufzuwecken. Drüben neben dem Adventskranz noch eine Kerzenflamme, sonst nichts im Raum. Eine Stimme nur. Seine, unaufhörlich. Ein Kopfschütteln. Ein Nichtbegreifen, das ihn stumm macht. Eine Wut schließlich, die zum Kampf wird, die Pamphlete entwirft und auf den Straßen verteilt, vor den Mensen der Städte, landesweit, im leisen Flockenwirbel der Großstadtstraßen, wütende Worte auf kleinformatigem Blatt, ein grimmiges Stehen und Hinhalten mit der behandschuhten Hand, gegen die Kälte, die Gleichgültigkeit, gegen das Schweigen. Wohltuend, wenn nur einer zurückkäme und sich ereiferte gegen die Polemik, einer stehenbliebe und es zerknüllte aus Wut gegen die Wut, einer am Tisch über der Suppe säße und läse, nachdächte, am Schluss beim Hinausgehen sagte, dass er so etwas noch nicht gehört habe. Das täte schon wohl. Komitees zu gründen oder Read-ins abzuhalten auf dem Markt zwischen Lebkuchen und Mistelzweigen, frierend mit dem dünnen Papier in der Hand und ebenso dünner Stimme gegen den schalen Lärm des Tages anzureden – das ist vielleicht ein Holzweg, denkt er.

Aber es bleibt ihm das Schreiben.

In den Stunden nach Mitternacht. Was anderes hat er nicht. Nicht nach solch bleiernen Filmen, nicht nach solchen Büchern über die Geschichten von Menschen, nicht nach den zu grellen Versprechen des Ewigen inmitten dieser grauen Tage, die klappern im Wind dieser Zeit wie Hülsen winterdürrer Fruchtstände. Versprechen: Ihnen zufolge dürfte er sich darauf verlassen, dass er den Weg nicht kennen muss, um ihn zu finden. Warum tut er es nicht?

Eine Stimme nur. Hinter ihm. Weder rechts noch links. Mit tränenblinden Augen schreiben, sich die Kliffwände der Wirklichkeit hinunter tasten, und das alles umfasst von einem so starken, so bedingungslosen Willen, dass es nur Heilung, nur Erfüllung geben kann.

Das ist das Einzige, was ihm zu tun bleibt.

Er stellt sich bei der Studienleiterin der Volkshochschule vor. Mit seinen Qualifikationen,
seinem Studienabschluss, seinen Ideen für
Kurse. Literatur und Philosophie. Die Leiterin
sitzt ihm seitwärts am Tisch gegenüber, er hält
seine Unterlagen in der Hand und referiert. Sie
trägt ein rotes Lederkostüm und grelle
Schminke, die bestrumpften Beine übereinander geschlagen, die Spitze ihres Schuhs wippt
ständig gegen ihn. Sie spricht freundlich mit
ihm. Ihre Worte sind zuversichtlich. Sie redet
davon, dass er den Ausschreibungstext für einen seiner Kurse schreiben soll, fürs nächste Semester, vierzig Mark pro Unterrichtseinheit,
Das Leben als Geschichte, das klinge interessant.
Er ist überrascht. Mit diesem Erfolg hat er nicht
gerechnet. Erst als er zur Tür hinaus ist und die
Treppen ins Foyer hinab steigt, geht ihm auf,
dass er eine Verdienstmöglichkeit gefunden
hat.

Er landete morgens in Dubai, dem Wüstenflug-
hafen. Jeeps überquerten die Rollbahn, von Baracke zu Baracke. Riesige Benzintanks aus
Stahlblech, Sanddünen, Sonne. Für ihn war es
nur eine Zwischenlandung. Jumbo-Jets in Reihen, bunt in den Farben der Airlines, bereit
zum Auftanken. Aus dem Bordlautsprecher

klang das *Ave Maria* von Bach. Das Bordpersonal verteilte feuchte warme Tücher zum Erfrischen. Frühstück, Brotscheiben in Zellophan, Plastiktasse, Butterpäckchen. Sechs Uhr dreißig Bordzeit, die Außentemperatur betrug fünfzehn Grad. Alles war im Grunde richtig und hatte seinen Sinn. Er freute sich auf Melbourne. Dann nimmt er die Finger von den Tasten und schaut durchs Fenster hinaus auf die Straße. Wo ist er gewesen?

Er betet. Auf dem Sofa sitzend, eine Tasse Tee vor sich. Er faltet nicht die Hände und senkt den Kopf. Er schließt nur die Augen. Er sehnt sich nach Lebensfreude. Nach Unbeschwertheit. Nach sorglosem Promenieren. Herr, nimm alle Hindernisse weg! Mach mich offen für dich. Er redet mit Gott, weil es ihn drängt. Er will Kontakt, ein Gespräch, ein Gegenüber. Er redet mit Gott mal wie ein Sohn mit seinem Vater: devot, aufsässig, mal wie mit einer Geliebten: schwärmerisch, selig, mal wie mit einem Freund: ehrlich, kritisch, mal wie mit einem Retter: dankbar, ohnmächtig. Aber heute hilft alles nichts: Gott ist nicht da. Er ist nicht wirklich bei ihm, in ihm, um ihn herum. Gott ist immer *dort* und er *hier*. Ob in einer anderen Dimension oder im Himmel oder sonstwo, immer ist Gottes Dort nicht sein Hier. Etwas trennt sie beide. Das ist die Transzendenz, fällt ihm ein, aber schließlich ist er Mensch geworden, also bitte: Wo ist seine Immanenz? Wo ist er?

Er schreibt. Er schreibt, um zu überleben. Er kommt besser durch Schreiben über die Runden als durch Disziplin, Vernunft oder Einsicht. Wenn er den Bildschirm verlässt und kurze Zeit später wiederkehrt, leuchtet er violett zwischen den bunten Fensterlichtern, und eine gelbe Schrift erscheint darauf: *Mache dich auf und werde licht!*

Beim Abwasch trägt er gelbe Gummihandschuhe. Es ist die größte Größe, aber sie sind immer noch zu eng. Er kann sie nur ausziehen, indem er sie auf links abzieht. Er mag es nicht, wenn die Fingerspitzen im warmen Spülwasser verschrumpeln. Er wischt mit dem triefend nassen Lappen über die Teller, spült die Töpfe aus, fährt in die Gläser. Essensreste schwimmen im Wasser. Schlieren bleiben am Glas. Reste sind an den Messerklingen festgeklebt. Es ist nicht das erste Mal, dass er sich eine Spülmaschine wünscht.

Er mag sie: die Kaiserburg. Wahrzeichen. Ein besonderer Ort, besonders im Sommer, wenn die Straßen und Plätze weit und hell sind, wenn in den Altstadtgassen die Menschen flanieren. Sinwellturm, Fünfeckturm, Luginsland. Palas und Kemenate. Die Zinnen der Freiung. Wenn sie nicht so viele Fenster hätte, denkt er, wäre sie ein Verließ. Die vielen kleinen Fenster mit den rotweiß gestreiften Fensterläden. *Im Zeichen der Burg* warb früher ein Versicherungsunternehmen. Ein wenig fühlt er sich so: in ihrem Zeichen. Unter ihrer Obhut. Es gibt wenige Orte, von denen aus man sie sieht. Meist verschwindet sie hinter den steilen Dächern der Altstadthäuser. Er würde sie gern sehen von seinem Wohnzimmerfenster aus. Er mag die Burg.

Heute ist Krämermarkt auf dem Hauptmarkt und in den Gassen. Er sitzt hinter den Buden zwischen zwei Wagen, wohin immer Leute kommen, weil sie ihn sitzen sehen und durchgehen zu können glauben. Es ist aber eine Sackgasse. Am Imbissstand werden *Drei em Weckla* verkauft. Eine Frau hält mit schräggelegtem Kopf ein Fransentuch in sein Farbmuster. Ein rotgesichtiger Verkäufer erzählt sein Fliesenschneiden als Geschichte. Ein Mädchen, das aus einer Papiertüte isst, hat in dem Hosenrock zu dünne Beine. Von den gestreiften Sonnenschirmen her riecht es nach gebrannten Mandeln. In der Lichtgasse zwischen den Buden knöpft eine Mutter im Gehen ihre Geldbörse auf. Ein Tierpfeifenverkäufer lässt einen unbekannten Vogel trillern und macht das Treiben zu einem Mittelaltermarkt. Dann beginnt es zu schneien. Von den Plastikplanen der Buden tropft es. Er kauft sich eine Bratwurst und isst sie im Stehen, an den Eingang einer Buchhandlung gelehnt. Er schaut den Leuten zu, wie sie in anderen Zusammenhängen gehen, in losen, die mit ihm nichts zu tun haben. Das beruhigt ihn.

Sie schauen gemeinsam einen Film, abends auf dem Sofa. Der Fernseher steht mitten im Raum. Immer wenn sie fernsehen wollen, schieben sie ihn aus dem Eck. Er steht auf einem Tischchen mit Rollen. Der Film heißt *Zeit des Erwachens*. Robert de Niro spielt die Hauptrolle. Der Film beeindruckt ihn. Er will darüber reden, aber seine Frau ist müde und geht danach ins Bett. Sie hat morgen wieder Frühschicht am Flughafen. Als hätte einem einer die Jahre geraubt, denkt er an den Film, allein auf dem Sofa. Die Unfasslichkeit angesichts des

Betrugs. Die Scham, die Sehnsucht, die Ungeduld: nun leben! Die Verzweiflung angesichts einen unwiederbringlichen Lebens. Dann lässt die Droge nach und das Vergessen kommt wieder, der Stillstand, der Tod. Das Leben versinkt im Limbo der Vergänglichkeit. Gott schweigt dazu, denkt er. Gottes Schweigen zu verstehen, deuten zu können, darin leben zu können, das wäre der erste Schritt in ein erfülltes Leben. Die Ewigkeit. *Als ob es tausend Stäbe gäbe und hinter tausend Stäben keine Welt*, dichtet Rilke. Das ist das Gefängnis, denkt er. Der Kerker des Ich. Das ausweglose Inmich, die Selbstverkrümmung des aus Gottes Liebe gefallenen Geschöpfs. *Nur manchmal schiebt der Vorhang der Pupille / sich lautlos auf. Dann geht ein Bild hinein, / geht durch der Glieder angespannte Stille / – und hört im Herzen auf zu sein.*

Das Bild in der Pupille des Panthers, denkt er. Das ist alles. Von der Zeit des Erwachens können wir nur träumen.

Im Wartezimmer des Arztes blickt er auf die dämmrige Straße hinunter. Schaufenster, Lichtergirlanden, die Silhouetten der Einkaufenden. Er lehnt erschöpft den Kopf gegen die kalte Wand. Das Kardiogramm zeigt keine Unregelmäßigkeiten, doch der Blutdruck ist zu hoch. Gell?, sagt der Doktor nach jedem Satz. Gell? Das Medikament gegen Sodbrennen holt er in der Apotheke gegenüber. In der Postfiliale steht eine Schlange von Wartenden bis auf den Gehsteig hinaus. Im Blumenladen kauft er eine durchgefärbte Kerze zum halben Preis. Er zurrt die Kapuze seiner Jacke enger und vergräbt die Hände in den Taschen. Im Supermarkt besorgt er das Abendessen, Backfisch und Bratkartoffeln. Darauf haben sie sich bei ihrem Anruf geeinigt. Heimweg mit schweren Taschen. Die Querstraßen zwischen den Altbauhäusern sind im Schneedunst und dem orangenen Laternenschein Wintertunnel, aus deren Ferne Fahrzeuge sich nähern. Als er über den Vorplatz ihres Hauses geht, blickt er hinauf zu ihrer Wohnung. In der Küche brennt Licht. Sie ist daheim.

In der Pfanne braten die Kartoffeln mit Schweineschmalz. In einer zweiten Pfanne der Fisch. Dazu Remoulade und Rote Bete aus dem Glas. Die Fenster beschlagen. Draußen ist es bereits dunkel, der Tag ist vorbei, er ist jetzt sicher. Die Autoversicherung ist erhöht worden, wegen der Unfallhäufigkeit in dieser Typklasse, und für den Hauskreis heute Abend hat er abgesagt. Sein Kopf tut weh. Kälteweh. Feindseligkeitsschmerz. Morgens liegt er im Bett, die Rollläden herab gelassen, und wird nicht wach. Alles tut weh. Auch seine Seele. Die Kälte dringt in die Zimmer und nistet in den Ecken, am Fußboden. Er hat nicht einmal Angst: Er hat stattdessen aufgegeben. Wie geht das, fragt er sich, aus der Kraft eines Anderen leben? Aus Gottes Kraft leben? Aus eigener Kraft wird er es nicht schaffen.

Wenn der Wind in den Kamin fährt, klappert der Gasofen mit allen Ventilen.

Er zieht mit seinem Notizblock durch die Straßen. Vor der Lorenzkirche setzt er sich auf eine Bank. Ein älterer Mann in Lederjacke und dickem Schal, eine Trappermütze auf dem Kopf, sitzt neben ihm und schreibt in eine Kladde. Der Kugelschreiber geht schwer übers raue Papier. Als er verstohlen in die Zeilen hinein blickt, sieht er, dass alles in kyrillischer Schrift geschrieben ist.

Im Gottesdienst der freien Gemeinde, im hohen dämmrigen Saal des alten Fabrikgebäudes, sieht er während des Gebets mit geschlossenen

Augen einen großen Lichtball, der seinen aus-
gestreckten Armen entgegen sinkt. Ein riesiger
Ball aus sanftem, mildem Licht, der den Saal
füllt und immer weiter auf ihn herab schwebt.
Er spürt, wie sich das Gewicht des Balles auf
seine Schultern legt, ein sanftes Gewicht, so
leicht, dass es ihn nicht niederdrückt, und so
schwer, dass es eine Kraft und eine Hilfe ist. Er
wird nicht eingehüllt, das ist ihm wichtig. Er
kann so nach Hause gehen, mit diesem Lichtball auf seinen Schultern. Er spürt das Gewicht
noch lange, das Gewicht der Herrlichkeit. Verschiedene Leute gehen vor zur Empore, wo die
Band leise im Hintergrund spielt. Sie berichten
von der Wirkung des Heiligen Geistes. Auch er
geht vor und erzählt, was er erlebt hat. Mit geschlossenen Augen, das Mikrophon in der
Hand im Scheinwerferlicht, während unten im
halbdunklen Saal die Wirkungen weitergehen.
Der Lobpreisleiter antwortet ihm, dass der
Lichtball der Heilige Geist gewesen sei. Er kann
nichts dazu sagen. Er will nur Kraft. Er will nur
leben können.

Am Morgen liegt er erkältet im Bett. Wenn er
den Kopf auf dem Kissen zur Seite legt, beginnt
die Nase zu klopfen. Einmal steht er frierend
auf und besorgt sich in der Apotheke zwei

Straßen weiter ein Fläschchen kaltgepressten Sonnenhutsaft, Halstabletten und Nasenspray. Heute Abend, wenn sie von der Uni nach Hause kommt, wird sie ihm Zitronen mitbringen und ihm ein heißes Zitronenwasser mit Zucker machen. Bis Montag hat er Zeit, gesund zu werden. Dann tritt er die Teilzeittätigkeit im Drogeriemarkt an, als Verkäufer in der Musikabteilung. Mittags, allein in der Wohnung, bekommt er Heimweh nach Weißbrotschnitten und grünen Äpfeln, das brachte ihm einmal seine Mutter mit, als er mit Fieber im Bett lag.

In Hamburg frieren am Stadtrand die Kanäle zu, erzählt sein Freund am Telefon. Flockenwirbel über den Alsterbrücken. Der Freund ist Schriftsteller wie er und hat bereits zwei Bücher veröffentlicht. Er empfindet die Welt als Verführung, erzählt er, und kämpft gegen das zersetzende Gift des Neids bei seiner Arbeit. Dazugehören wollen und immer das Gefühl, es reicht nicht. Es reicht nie. Das kenne ich, antwortet er am Hörer. Das ist die Welt: ihre Täuschung. Für seinen Artikel in der *Süddeutschen* über Eichendorff hat der Freund tausend Mark bekommen. Das ist eine Idee, erwidert er nachdenklich. Ich wusste nicht, dass das so gut bezahlt wird. Der Freund will einen lauteren

Charakter bewahren. Es geht ihm um Wahrhaftigkeit. Denn er weiß, dass nur das ihn davor schützen wird, von der Welt gefressen zu werden. Anstand, Aufrichtigkeit. Nach dem Telefonat macht er sich eine Kanne Tee, setzt sich mit der Tasse an den Rechner und schreibt.

An der Wand, vor der sein Schreibtisch steht, hängen Postkarten: zwei aus Hamburg, die Eine Rathaus und Binnenalster mit verwaschenen Lichtern im Blau, die Andere eine Schlepperreihe im Hafen, monochrom. Und eine dritte, von seinem Freund: ein Leuchtturm aus Büchern und einer Petroleumlampe darauf, auf einem leeren Tisch vor einem diesigen Meer. Am Meer wohnen, denkt er. *Aufgeweichte Brotstücke in Buttermilch, am nassgewischten Küchentisch*, hat er einmal geschrieben. *Hamburgmorgen. Am Meer wohnen, und doch jämmerlich verrecken.*

Die Welt ist sein Feind, findet er. Sie verhindert, dass er leben kann. Er braucht Kraft. Nicht die Kraft, um für die Verwirklichung seiner Träume zu kämpfen, sondern Kraft, um sich gegen die Forderungen, Ansprüche und

Zwänge der Welt zu wehren. Die Kraft, frei zu sein. Er möchte gehen können unbekümmert und barfuß auf Strandwegen durch lichten Wald, tanzen, hüpfen, promenieren können. Aber das kann er nicht, er kann kein Anderer werden. Er weiß, dass er immer wieder scheitern wird und nicht leben kann. Aber er *möchte* leben können! Das erfüllte Leben, an das er glaubt. Er möchte die Kraft haben zu vertrauen. Trotz Kälte und pochendem Augenschmerz, trotz Mühsal, taubem Kopf und lahmen Händen, die kaum einen Satz schreiben können.

Er wäre froh, wenn er Krebs oder eine andere unheilbare Krankheit hätte. Sofern ihn keine Qualen und Morphinräusche erwarten würden. Dann wüsste er wenigstens, dass es bald vorbei wäre. Er würde mehr Mut haben, denkt er sich, die Angst und die Kälte würden ihm weniger ausmachen, weil das Ende absehbar wäre. Er könnte nicht mehr versagen. Er würde gelebt haben bis zum Ende, ohne dass er vorher aufgegeben hätte. Er hätte leben können. Das ist ein ziemlich verrückter Gedanke, findet er. Niemand weiß doch, wie weit der Weg noch ist.

Er denkt nicht, dass dieser Lichtball im Gottesdienst der Heilige Geist bedeutet. Er denkt eher an: *mein Joch ist sanft, und meine Last ist leicht.* Mühselig und beladen. Kommt her zu mir. Lebendigwerden. Seine Last tragen, eine Lichtlast. Bald vergisst er es wieder.

Am Niklaustag findet er eine Tüte Weihnachtsmandeln und eine Packung Marzipankartoffeln in seinem Schuh. Er mag Marzipankartoffeln. Seine Frau wollte ihre Niklausgeschenke schon am Abend haben. Sie mag keine Überraschungen. Draußen sind die Straßen weiß, die Autos verschneit, die Stände des Christkindlesmarkts stehen verzaubert wie Ställe in heiliger Nacht. Für morgen nimmt er sich vor, Flugzettel an der Mensa zu verteilen, den Studenten, den Menschen, den Vorübergehenden Botschaften in die Hand zu drücken. Botschaften aus dem Kerker. Botschaften von Freiheit. Er schreibt einige Sätze, solange Kraft da ist.

Er schreibt: Rhapsody in Blue. Abend. Regen. New York. Frau im Regenmantel. Nasse Schuhe. Neben dem Bookstore eine Treppe ins Tiefparterre. Licht. Eine Schwarzweißfotografie im Rahmen. Ein Buch auf der Fensterbank.

Jazzpiano. Ein Glas Gin Fizz. Auf dem Telefon-
block eine mit Bleistift gemalte Blume. Please,
stay! Donnerstag. Oktober. Jedes Jahr.

Er ist auf ein beeindruckendes Buch gestoßen.
Ein Fernsehbericht. Birger Sellin, *ich will kein
inmich mehr sein*. Da gibt man einem Autisten,
der seit seinem zweiten Lebensjahr kein Wort
spricht, einen Computer, er lernt schreiben
und schreibt seitenlang Botschaften aus dem
Kerker seiner Krankheit. Er schreibt vom Ge-
fangensein in sich selbst, von Sehnsucht und
Angst, von einem Dämon, der ihn knechtet.
Beim Lesen ist er fasziniert und erschrocken.
So sehr können Menschen gefangen sein,
denkt er. Niemand hat Einblick in den tägli-
chen Leidenskampf, Einblick in diese Finsternis und Einsamkeit. Nur die Sprache, sie ist das
Fenster zur Welt. Das Buch berührt ihn. Wie
tief, kann er nicht abschätzen. Es bedrückt ihn,
nutzlos, denkt er, wozu führt das, wenn nicht
zu Verzweiflung und Resignation? Er stellt es
zurück ins Regal. Ein Buch, das ihm nicht gut
tut.

Auf dem Markt am Aufsessplatz verkauft ein
Blumenladen Winterorchideen. Paradiesge-

wächs im Schneefall. Den gekappten Stängel im Plastikrohr, die wächserne Schönheit gestutzt wie mit zu kurzem Hals, so hält sie sich wer weiß wie lang, sagt die Floristin. Er betrachtet die Blüte: Fransen, Blätter, Kelch, Staubgefäße, der zauberische Abgrund, wo der Blütenstaub sitzt, goldgepudert, und wartet. Dornröschen aus der Karibik. Sie kostet zwölf Mark, zu viel für ein Geschenk nebenher.

An Silvester wechselt dieses Jahr nicht nur das Jahr. Es wechselt auch das Jahrhundert: vom zwanzigsten zum einundzwanzigsten. Und sogar das Jahrtausend: zwei Jahrtausende sind vorbei, das dritte bricht an. Er verspricht sich nichts davon. Datumswechsel sind menschengemacht. Es wird nichts besser werden. Gott hat die Sterne geschaffen, damit der Mensch die Zeiten und die Festzyklen unterscheiden kann. Nach dem Weihnachtsbesuch bei seinen Eltern und bei ihrer Familie wollen sie Silvester allein verbringen. Jahrtausendwende in der Großstadt. Was erwartet er? Ein Milleniumsfest. Allgemeine Verbrüderung. Wildfremde liegen sich in den Armen. Sekt aus Pappbechern. Tausende vereint im Warten auf den Glockenschlag, der Hauptmarkt Puls der nächtlichen Stadt. Wer weiß? Vielleicht ändert die neue Ära ja doch etwas.

Sie gehen zur Beratungsstelle. Der weite Bahnhofsplatz, der tiefe Wallgraben, die Straßenbahnen auf ihrem Schienengekreuz. Sie gehen über
den Steg beim Nationalmuseum und stoßen
auf das Gewimmel der Fußgängerzone. Zwischen dem Schuhgeschäft und dem Schnellrestaurant führt eine schmale Tür ins Hausinnere.
Sie gehen drei Stockwerke hinauf, zwei Frauen
wundern sich, dass es nach Asbest riecht. Eine
ältere, drahtige Frau bittet seine Frau ins
Sprechzimmer. Im Wartezimmer sind die Sitz-
flächen der Stühle beweglich. Während er wartet, schaut er sich um. Ein Holzregal voller Bro-
schüren. Ein Tischchen mit Zeitschriften, ein
Efeugesteck darauf. Ein Deckenfluter. Plakate
hängen an einer Korkwand, Veranstaltungen,
Hilfswerke, ein anonymes Elaborat: Von jemandem, der immer dieselbe Straße geht und
immer in das Loch im Gehsteig fällt, bis er erkennt, dass es seine eigene Schuld ist und er
wieder heraus kommt und beim nächsten Mal
das Loch umgeht und zuletzt eine andere
Straße nimmt. Dann wird er schläfrig, streckt
die Beine aus und schließt die Augen. So döst
er, bis seine Frau in der Tür steht. Die Frau ist
dabei und erklärt mit einer Broschüre in der

Hand, was sie seiner Frau empfiehlt. Gemeinsam gehen sie hinunter, treten in die Helle und den Lärm der Straße.

Lass uns einfach ein wenig gehen, sagt sie. Sie wirkt ernst, bedrückt, als hätte sie viel preisgegeben und viel erfahren müssen und als machte sie gerade das, was sie erleichtert, zugleich niedergeschlagen. Ich weiß nun, sagt sie, dass ich eine Geschichte habe. Mit meiner Mutter. Mit meinen Eltern. Er sagt nichts. Er hat selbst eine Geschichte, seit fast vierzig Jahren, eine Geschichte, die noch nicht weiß, worauf sie hinaus will. Er hofft, dass ihr das Gespräch geholfen hat. Ich liebe dich, sagt er und nimmt sie bei der Hand, so, wie du bist.

In der Ecke des Lorenzer Platzes, neben der Treppe, die hinunter zur Findelgasse führt, gibt es ein Geschäft für gebrauchte Mode. Drinnen riecht die Kleidung muffig, Frauen mittleren Alters und mittlerer Figur stöbern nach billiger Markenware. In der Umkleidekabine hört er ihr Pfeifen, das Abstreifen der Kleidung, das Reiben der Strumpfhosenbeine aneinander. Oh Schatz!, hört er sie sagen. Das passt super! Sie kommt heraus und zeigt sich. Die Schwere ist verflogen, sie ist munter. Das kurze Kleid lässt sie aussehen wie siebzehn, kess und unschuldig, ihre schlanken Beine sind endlich einmal zu sehen, und er genießt es, den Reißverschluss, der von den Schulterblättern bis zum Lendenwirbel reicht, langsam und geräuschvoll zu öffnen. Draußen sagt sie: Ich brauche dich heute, und versucht noch im Gehen, ihren Kopf auf seine Schulter zu legen.

So müde, sagt sie zuhause. Sie ist erschöpft, schutzbedürftig, zurückgezogen in die kleine Welt ihrer eigenen Wärme. Sie legt sich aufs Sofa im Wohnzimmer, er deckt sie mit der Wolldecke zu und besorgt die restlichen Einkäufe. Als er zurückkommt, schläft sie zusammengerollt wie ein Igel.

Abends schauen sie die Nachrichten. Kosovokrieg, Al Kaida, Terroranschläge in Israel, Militärputsch in der Elfenbeinküste.

»Ein Kollege von mir«, meint sie sarkastisch, »sagte mal, dass er nach den Nachrichten immer einen Horrorfilm anschaut. Zum Runterkommen.«

Er lacht.

»Warum können die Menschen nicht einfach in Frieden miteinander leben?«, sagt sie.

»Weil es eine gefallene Welt ist«, antwortet er.

»*Die Welt ist so geworden, wie sie ist, weil sie ihren Gott nicht mal vermisst*«, zitiert sie eine Liedzeile. Sie seufzt.

»Aber wir machen es anders«, sagt er bestimmt. »Wir lieben uns.«

»Ja, das tun wir.«

Zwei Tage in der Woche ist er im Drogeriemarkt. Gegenüber der Lorenzkirche. Die Musikabteilung ist im zweiten Stock. Er trägt ein Namenschild und hat ein Hemd angezogen. Seine Kollegen und Kolleginnen sind fünfzehn Jahre jünger. Mit Musik kennt er sich einigermaßen aus. Nur die neusten Charts nicht. In einem gesonderten Regal stehen die Hits von Platz eins bis zwanzig und werden täglich ausgewechselt. Manchmal steht er an der Kasse. Ein Pappaufsteller mit Milvas neuer CD, Milva im schwarzen Lackmantel schaut ihm zu, wie er kassiert. Die Scheiben haben eine Sicherung, die er mit einem Schlüssel heraus hebelt, wenn die CD den Besitzer wechselt. Bald schmerzen ihn die Beine.

Einmal kommt eine Bekannte aus der Gemeinde vorbei und erkennt ihn. Sie reden kurz miteinander, aber er hat alle Hände voll zu tun. Er steht an der Abspieltheke und legt die CDs ein, die die Kunden ausgesucht haben und probehören wollen. Halt dich senkrecht!, sagt sie, aber er kann nur nicken. Er steht mitten darin, umgeben von Menschen und Ansprüchen und

Forderungen. Eine Offenheit, die er nicht gewöhnt ist.

In der Mittagspause haben die Geschäfte alle geöffnet. Der Lorenzplatz liegt in der Sonne, ringsum tiefer Häuserschatten. Auf den Drahtgitterbänken vor der Kirche sitzen Leute. Ein paar Jugendliche üben mit ihren Rollbrettern Kunststücke zwischen Schneehaufen. Ein Obdachloser in einem alten Bundeswehrparka zerschmeißt eine Weinflasche auf dem Pflaster. Er knüllt das Alupapier zusammen, in das der Leberkäse eingepackt war, und schenkt sich aus der Thermosflasche Tee ein. Er raucht eine selbstgedrehte Zigarette. Er hat, seit er hier arbeitet, wieder mit dem Zigarettenrauchen angefangen. Beim Rauchen zupft er sich die Tabakfäden von der Lippe. Die Frau im grünen Kostüm mit schwarzen Strümpfen schaut nicht her im Vorbeigehen. Sobald sie aus dem Häuserschatten tritt, glänzen ihre Schuhe. Die Uhr am alten Spital zeigt ihm die verbleibenden Pausenminuten. Bald wird er aufstehen und sein Jackett nehmen. Das Namenschild wird er sich erst im Laden anstecken.

Einmal fragt der Filialleiter nach einem Posten auf der Bestellliste. Er zeigt ihm den Packen mit den Ausdrucken, die alle aneinanderhängen, der Stapel gerät in seinen Händen ins Rutschen und landet auf dem Boden. Ist ja wie bei

Woody Allen hier, sagt er verlegen und hebt den Stapel wieder auf.

Ein Schneetag, blauer Himmel, Wintersonne. Ein Darjeeling duftet in der Tasse. Er sitzt am Schreibtisch mit gewaschenen Haaren und frisch rasierten Wangen. Ein neuer Tag, denkt er. Selten fühlt es sich wirklich so an. Ein neues Leben. Manchmal schaut er den Menschen zu, wenn sie durch die Straßen gehen, auf dem Parkplatz vor dem Supermarkt, in der U-bahn, in der Mittagspause am Lorenzplatz, und wünscht sich ein anderes Leben. Oder besser: Er wünscht sich das Leben eines Anderen. Eines Fremden. Vielleicht wünschen sich das viele, denkt er und nimmt einen Schluck Tee. Vielleicht will jeder ein anderes Leben, als er hat, ein besserer Liebhaber sein und Whisky-Cola trinken, an Bahnhöfen in den Zug steigen, der einen in die Ferne bringt, in ein anderes Land. Als er gläubig wurde, hat er sich das auch erhofft. Von Neuem geboren, der Wind weht, wo er will, dieses Nikodemus-Gefühl, dieses Ewig-verheißen-echt-schräg-wow-prickelnd-geistgewirkt-nikodemus-neugeboren-Feeling!

Manche in der Gemeinde schwärmen davon, sagen es einem strahlend lächelnd zu, und er glaubt es ihnen beinahe. Vielleicht wissen sie ja, wovon sie reden. Er weiß es nicht. Er hat es nicht, dieses neue Leben. Für ihn geht alles weiter wie bisher. Im Grunde. Die Ewigkeit ist weit weg. Er stellt die Tasse zurück auf das Teetischchen neben sich und arbeitet weiter. Fünf Stunden. Wäsche waschen, Staub saugen, Flugzettel entwerfen. Schon lange hat sein neues Leben angefangen. Er *ist* ein Anderer. Im Glauben. Nicht in Wirklichkeit.

Die Studienleiterin der Volkshochschule ruft an. Fröhliche Stimme, kommt gleich zum Punkt. Vortragsreihe zu klassischen Werken der Literatur, sagt sie, Herr der Ringe, Deutschstunde, Ulysses, er könne es sich aussuchen. Sie einigen sich auf den *Ulysses* von James Joyce. Das Buch hat er einmal in der achten Klasse zu lesen versucht. Anderthalb Stunden, abends im Volkshochschulgebäude, über die Vergütung sagt sie nichts, und er traut sich nicht zu fragen.

Heute Nacht. Stundenlang liegt er wach. Sie atmet neben ihm ruhig und verlässlich. Er spürt die Wärme ihres Körpers, wenn er hinüber rutscht unter ihre Decke. Manchmal gibt sie einen Laut von sich oder zuckt.

Er kann nicht schlafen. Kopfschmerzen, Erschöpfung, die Angst vor einem weiteren kraftlosen Tag. Er kennt diese Nächte. Er hat sie schon oft durchstanden. Eine Neun-Schwerter-Nacht. Ausweglos und albtraumhaft.

Aber hinter der Angst und Verzweiflung wartet noch etwas anderes, spürt er. Ein Weh. Eine abgrundtiefe Trauer wie eine Woge. Schließlich hält er es nicht mehr aus und weckt sie.

»Was ist los?«, fragt sie, sofort wach. »Kannst du nicht schlafen?«

Er versucht zu erklären, was in ihm vorgeht, und weiß es doch selbst nicht. Die Tränen kommen ihm. Es bricht plötzlich alles aus ihm heraus, die Unruhe, der Schmerz, die Verzweiflung der letzten Tage. Bricht auf wie eine Eiterbeule.

Verlassenheit, Angst, Heimweh, ja – aber es ist noch mehr. Es ist ein Entsetzen. Eine Trauer, die nicht mehr seine eigene sein kann. Trotz aller Furcht vor dem, was ihm selbst in dieser Welt geschehen kann, packt ihn eine Trauer von viel größerem Ausmaß.

Er denkt an die Zeit des Erwachens, den Film, den sie gesehen haben; er denkt an das Buch, das er gelesen hat, den Dämon des In-mich, der den Autisten Birger schüttelt; er denkt an den *Panther* von Rilke, dieses Gedicht vom Gefängnis, in das ein Mensch geraten kann. Das hat ihn seit Tagen nicht losgelassen, erkennt er.

Er betet, spricht mit Gott. Zuerst stammelt er, dann findet er endlich Worte Seine Frau betet halb laut, während er mit Gott ringt.

Es ist Gottes Trauer, wird ihm klar. Es ist Gottes Schmerz um die Welt. Ihm fällt das Erlebnis mit dem Lichtball im Gottesdienst ein. Das Licht des Balles war getrübt, es war ein mildes, sanftes, ja vielleicht trauerndes Licht.

Es war Gottes Schmerz, der sich auf ihn herab senkte. Erst jetzt begreift er, was im Gottesdienst geschehen ist.

»Es ist ein Mitleiden«, sagt sie. »Gott hat dir Anteil an seinem Leiden gegeben.«

»Aber wozu?«, fragt er.

Er hielt bisher seine Verzweiflungsnächte für sinnlos. Er flehte Gott an, ihm solche Nächte zu ersparen. Aber es ist Gott selbst, der ihm diese Last auferlegt. Eine schwache Ahnung dessen, was Jesus am Kreuz getragen hat. Deshalb hat Gott ihm solche Nächte nie erspart.

Plötzlich versteht er.

Sie nickt. Sie hebt den Zeigefinger und malt ihm ein kleines Kreuz auf die Stirn. »Gott segne dich«, sagt sie.

Es ist still geworden in ihm. Er hat Frieden gefunden. Sie fragt, ob sie ihn alleinlassen kann, und legt sich wieder hin. Augenblicke später ist sie eingeschlafen. Er muss leise lachen. So einfach würde er es auch gerne haben.

Am nächsten Tag streift er wieder durch die Altstadt. Ein junger Kerl geht mit federndem Schritt und vornübergebeugt, hält in beiden Händen einen Dönerfladen wie ein zu erledigendes Geschäft. Überm knitternden Silberpapier der Teigrand, von dem er vollmundig Bissen um Bissen rupft, fädig das Kraut zwischen den Lippen. Ein Batzen klackst aufs Pflaster, die Tauben stürzen sich darauf.

Er hört seiner Frau zu, wie sie mit ihrer Schwester telefoniert. Die Schwester am anderen Ende der Leitung versteht ein Wort nicht, und seine Frau buchstabiert es. Sie buchstabiert mit dem Fliegeralphabet der Internationalen Zivilluftfahrt, also nicht Anton, Berta, Cäsar, Dora, sondern: Alfa, Bravo, Charlie, Delta, Echo, Foxtrott undsoweiter. Hinterher fragt er sie, ob sie eigentlich am Flughafen auch Flüge zu exotischen Zielen abfertigt.

»Das Meiste sind Inlandsflüge und Europa«, antwortet sie, »Urlaubsziele, weißt du. Spanien, Italien, Mallorca, Scharm el Sheik in Ägypten, Istanbul. So was halt.«

»Und die Karibik? Südsee? Afrika?«

»Ich hatte mal einen Flug nach Atlanta«, sagt sie.

Er stellt sie sich vor, wie sie in ihrer Uniform dasteht, blauer Bleistiftrock, blaues Jackett und gelbes Halstuch, und die Passagiere einweist. Die Tickets kontrolliert. Den Leuten ins Gesicht sieht, die sich über den Großen Teich aufmachen und heute Abend in Amerika sein werden. Er wendet sich wieder dem Rechner zu und schreibt weiter.

Lass bitte das Licht einen Augenblick aus, schreibt er.

Warum?

Ich möchte das Zimmer noch nicht sehen.

Ich stelle die Taschen aufs Bett.

Hast du abgeschlossen?

Oh. Die Betten sind viel zu weich. Und es riecht nach Fliegenfängern, finde ich.

Ach, weißt du –

Wir haben Glück gehabt.

Dass du mitgekommen bist … !

Es fängt doch jetzt erst an. Es fängt doch endlich wieder alles von vorn an. Ich bin froh, dass du da bist.

Du bist da. Hast du mir eine Zigarette?

In meiner Manteltasche müsste noch eine

sein. Wir haben keine mehr.

Die letzte haben wir in der Halle geraucht. Vor einer Stunde.

Schau mal. Draußen.

Vielleicht hätten wir bleiben können. Oder? Ich wünschte es.

Schau mal.

Hörst du mir zu?

Ja.

Aber der Krieg und die Menschen. Ich verstehe, wie wir jemanden hassen können. Es war unerträglich, aber es ging ja nicht nur uns so. Irgendwann müssen auch wir sterben. Irgendwann muss jeder sterben.

Ich bin froh, dass du da bist.

Ohne dich –

Wärst du denn sonst, ich meine, hast du dir das alles so vorgestellt?

Nimm mich in den Arm. Wo bist du denn? Hier.

Nimm mich in den Arm.

Ja.

Lass bitte das Licht noch aus. Ich mag es, wenn es so dunkel ist und so warm. Wir sind doch gerade erst angekommen.

Es kommen alle an.

Schau doch mal.

Was möchtest du denn sehen? Du bist ja ganz kalt. So – Gut. Wir sollten jetzt Ruhe haben.

Trotzdem.

Wir sind doch schon da.

Es ist nicht gefährlich.

Beide.

Ich möchte die Nacht sehen. Unser neues Land. Ich kann nicht bis morgen warten.

Im blauen Abenddämmer draußen schimmern bleich die Laternen. Sie hängen wie kühle Lampions über der tiefen Straße, die Fenster in der Hauswand gegenüber sind dunkel. Im Schlafzimmer spielt sie Querflöte: ein eindringlicher, naher, körpervoller Klang. Er schließt die Augen und lauscht. So sollte das Leben sein, denkt er. So einfach und stark.

Er wird gehalten. Beschützt und bewahrt, er spürt es deutlich. Sonst könnte er all die Tage nicht bestehen. Aber er kann sich kaum rühren. Er darf seinen Schutzraum keinen Schritt weit verlassen. Arbeit, Alltag. Die Monotonie des Alleinseins, eine Enge und Reglosigkeit, die ihn bedrückt. Er will frei sein, frei laufen können mit Gott. Er will *leben*.

Mit der U-Bahn fährt er zum Hauptbahnhof und steigt um in die U2 Richtung Wöhrder

Wiese. Schneetreiben, brauner Matsch auf dem Pflaster. Eingemummt in Kapuze und Jacke, den Schal bis über die Nase gezogen, geht er durch die Straßen, im Rucksack den Stoß Flugblätter, als wäre er in den Siebzigern unterwegs zu Mitkämpfern des Aktionskomitees und protestierte gegen Demonstrationsverbote und imperialistischen Waffenexport. Das mag es alles noch geben, denkt er, aber die Studenten dafür gibt es nicht mehr. Stattdessen steht er im Eingang der Mensa, allein, hinter Glas im Vorraum neben Zimmerpflanzen wie in einem Wintergarten, und preist seine Elaborate an: Ein literarischer Aperitif! Weihnachten in Vietnam – ein bombiges Fest! Eine sagt, sie sei aus Vietnam, kann aber mit seinem Rückgriff auf den Vietnamkrieg nichts anfangen. Verlegene Höflichkeit, hoffnungslos späte Geburt. Manche gehen ins Lesen vertieft in den Schneefall hinaus, ohne aufzusehen, rätselnd, worauf diese Stimme in ihren Händen hinaus will. Manche sehen den Namen *Christus* und geben das Blatt angewidert zurück. Oft gehen sie ablehnend vorbei, verschanzt in ihrer Gleichgültigkeit, mit der sie durch das Leben in dieser Gesellschaft zu kommen entschlossen sind. Warum ihn das alte Thema so beschäftigt, die ollen Kamellen aus dem *Deutschen Herbst* und noch früher, kann er gar nicht sagen. Er will rebellieren gegen den fatalen Pragmatismus seiner Zeit, gegen die Ernüchterung und schmerzlose Toleranz, die die Studenten heutzutage prägt. Er will nicht Politik machen. Er will auch nicht die Gesellschaft umstürzen. Aber was er will, weiß er nicht. Er muss einfach hier stehen und seine Zettel unter die Leute bringen, er muss es einfach sagen.

Später stößt seine Frau dazu, er geht herum und sammelt die weggeworfenen Flugblätter wieder von Bänken und Tischen, aber es sind nicht viele. Hinterher essen sie in der Mensa Bratwürste und Kartoffelsalat. An den Nebentischen unterhalten sich Studenten über Fachfragen und Prüfungsbestimmungen. So saß er damals auch, erinnert er sich und blickt schweigend aus dem Fenster, draußen grauer Tag und blasse Sonne und ein sanfter, unaufhörlicher Fall aus dem Grau: das Gefühl, nie dazuzugehören. Auch jetzt gehört er nicht dazu, nicht mehr. Was tun, um dazuzugehören?, fragt er sich. Zur Welt, zum Leben? Was tun, um sich nicht zu fühlen wie ein Fremder in einem fremden Land? Auf dem Nachhauseweg sein, denkt er. Vor dem großen, undurchdringlichen Hintergrund aus Gold, der Gott ist. Seit jener Nacht erfüllt ihn etwas. Trägt er etwas. Wissentlich und willentlich.

Er schreibt an seinem ersten Roman. Bisher hat er nur Kurzgeschichten zustande gebracht, aber er weiß: Wenn er Schriftsteller sein will, muss er einen Roman schreiben. Er hat seinem Werk den Titel gegeben *Wittgensteins Traum*. Er spielt in Nürnberg, natürlich, und erzählt von einem jungen Mann, der in seiner Biografie auf die Spuren der RAF stößt und den die Ereignisse von damals im *Deutschen Herbst* nicht mehr loslassen. Er fragt sich nicht, worauf das Ganze hinaus will. Er fragt auch nicht, weshalb jemand den Roman lesen sollte. Er denkt nicht an Verlage und Lektoren. Das kommt später. Er schreibt nur. Er schreibt sich an den Traum seines Helden Carl Wittgenstein heran. Dessen Traum ist seiner. *Wenn man sein Leben lang gegen etwas kämpft, einfach um zu überleben,* hat er an einer Stelle geschrieben, *dann vergisst man, wofür man kämpft.*

Die Buden und Zelte auf dem Christkindlesmarkt sind verschneit. In den engen Kammern leuchtet es, Schätze liegen aufgereiht oder hängen herab. Zu den Budenbesitzern schaut man empor, wie sie hinter ihren Auslagen hin und her gehen. Kleider, Trachtenmode, Christbaumschmuck, Holzspielzeug, Bücher, Lebkuchen. Düfte ziehen durch das wimmelnde

Dunkel, der Duft nach heißen Waffeln, Glühwein, Bratwürsten und gebrannten Mandeln. Glaskugeln, Metallbildchen, Springerle, Zwetschenmännlein, Nürnberger Fachwerkbauten als Teelichthäuschen. Bunte Kerzen und ornamentierte Windlichter. Nougat, Marzipankartoffeln und Kräuterbonbons. Geruch nach Gewürzen: Anis, Salbei, Latschenkiefer.

In einen Becher mit dem Motiv des Marktes lassen sie die Jahreszahl eingravieren; sie werden ihn aus der Lebkuchenstadt, aus dieser stillen, andächtigen Adventszeit seinen Eltern als Weihnachtsgeschenk mitbringen. Ausheimische Touristen in grauen Mänteln zücken Geldbörsen für Ansichtskarten und Rauschgoldengel, kramen zwischen den Münzen und kennen die Währung nicht. Von irgendwoher tönt es Fränkisch: *Na kricht die Marrie no ihr Zuckerwattn, und na gamma haam.* Ein Japaner steht mit seiner Kamera und nimmt Maß, vor einer Reihe kleiner Menschen, die sich aufgestellt haben. Er nimmt seine Kamera und fotografiert den Japaner, wie er Japaner fotografiert.

An einer kleinen Bude, wo sie die Köpfe unter Brummkreisel beugen müssen, findet er ein schmales Büchlein mit Weihnachtsliedern für fünfunddreißig Groschen; da sind sie alle drin, die er bisher nirgends gefunden hat. Aus Kinderzeiten: *Still schweigt Kummer und Harm,* heißt es da, und: *Lasst mich ein, ihr Kinder* und der Niklaus legt gewiss was auf den Teller. Froh und munter sein. Munter leben, unverzagt und sorglos. Sie besorgen noch Tee und Fotokalender zum Selbstgestalten und gehen nebeneinander nach Hause, sie schiebt ihr Rad im Schnee, sie überqueren den großen Zwingergraben außerhalb der Stadtmauer und erreichen die Südstadt mit ihren Häuserreihen und rechtwinkligen Straßen.

In der Wohnung ist es warm, weil sie wegen der Kälte durchheizen. Trotzdem sind ihre Beine eisig, und er lässt ihnen beiden ein heißes Bad ein. Wacholderölduft, Wintertag draußen vor dem Fenster. Es ist halb vier. Sie liegen in der Wanne und lassen die Wärme wohlig in ihre Leiber steigen, in ihre Seelen, damit sie die Herzen warm macht. Als er sich abtrocknet und anzieht, ist es halb fünf. Über der Stadt sinkt die Dämmerung. Im Wohnzimmer entzündet er Kerzen. Er macht Tee, Adventstee, und später sind sie so müde, dass sie ins Bett unter die Decken kriechen und einschlummern.

In einer Nebenstraße entdecken sie einen Asia-Laden. Exotische Lebensmittel, vollgestopft wie ein Kramladen, völlig andere Lebensart. Er mag alles Ostasiatische. Beide essen sie gern Chinesisch im Restaurant, und er kommt auf die Idee, es einmal selbst zu versuchen. Sie finden ein kleines Rezeptbuch mit Klammerheftung und blättern es durch. Die Gerichte nehmen sich anders aus als im Chinarestaurant, viele Zutaten, die es in Supermärkten nicht gibt. Hier könnten sie sie bekommen. Eine neue Welt eröffnet sich ihnen: Ingwer, Bambussprossen, Sojabohnenkeimlinge frisch in der Kühltheke, Chinakohl, Pak Choi, Okraschoten, Thai-Basilikum mit seinem narkotischen Geruch, und all die Gewürze, verpackt in großen Tüten: Kreuzkümmel, scharfe Chili, Garam Massala, Koriander, Piment, Kurkuma – in welcher deutschen Küche hätte ihnen das je begegnen können? Außer dem Büchlein kaufen sie nichts. Sie brauchen erst ein Rezept. Zuhause studieren sie das Büchlein gemeinsam. Sie blättert und bleibt bei manchen Gerichten stehen, liest ihm laut vor. Er hört zu und gibt seine Kommentare ab. Sie bräuchten eine Grundausstattung an Lebensmitteln und Gewürzen. Der Reis ist im Asia-Laden billig. Echter Basmati aus Indien. Und Geschirr bräuchten sie. Vor allem einen Wok zum Rührbraten, das kennen sie beide nicht. Sie diskutieren, ob das auch in einer Bratpfanne ginge, und er verspricht, sich zu erkundigen.

Jahrtausendwende. Eigentlich mathematisch falsch, sie am Übergang von 1999 zu 2000 zu feiern. Korrekt wäre ein Jahr später, er kann der Begründung nicht ganz folgen, aber es ist ihm auch egal. Die Meisten werden ihn dieses Jahr feiern. Jetzt, da Silvester näher rückt, suchen ihn Visionen einer Zeitenwende heim. Ein bisschen Gänsehaut und Epochengefühl erhofft er sich schon. Und vielleicht werden die Befürchtungen wahr und die Computernetze brechen weltweit zusammen, weil eine Zwei in der Datumsangabe nicht vorgesehen ist. Selbst in den Nachrichten wird es gebracht. Der Millennium-Bug. Sein Rechner wird nicht zusammenbrechen, da ist er sicher, aber ein Witz wäre es ja schon: Absturz der modernsten Datenverarbeitungstechnologie wegen eines nicht vorgesehenen Datums! Das geschähe ihnen recht, denkt er und weiß auch nicht genau, wen er meint.

Ihre Freundin ist zu Besuch, für einen Tag. Sie fahren zu dritt mit der U-bahn in die Innenstadt ins Kino. *Cine Cittá*, moderner Multiplex-Bau: ein Betonpalast mit erleuchtetem Glas, dreistöckige Kinosäle, rotbeflorte Rampen führen zu den Eingängen, eine Mischung aus Konferenzzentrum und Luna Park. Vier reservierte Plätze im Kino Zwölf. Am Eingang der Monitor, der schematisch den Bühnenraum zeigt und die Zuschauer als Brustköpfe. Wer falsch sitzt, ist durchgekreuzt. Sie nehmen ihre Plätze ein. Mit sechzehn besuchte er freitagabends immer den Jugendfilmclub in seiner Heimatstadt; das Kribbeln vor dem Beginn ist geblieben.

Die Freundin bemängelt das Fehlen eines *security man*, der ihnen die Plätze zeigt. Sie war kürzlich in den Staaten zu einem Vorstellungsgespräch. Ihr Mann ist schon seit einem halben Jahr drüben und bereitet alles vor, bis sie nachkommen kann. Sie wollen nicht auswandern, nur zwei Jahre bleiben. Sie werden im März heiraten, seine Frau wurde zur Trauzeugin bestimmt. Er mokiert sich über das Wort *security man*. Wie er es nennen würde?, fragt die Freundin. Ordnungskraft, sagt er, ein schönes deutsches Wort. Dann beginnt die Vorschau auf die nächsten Filme.

Der Film behandelt die Geschichte einer biblischen Figur und ist im Buch Exodus nachzulesen. *Prinz von Ägypten*. Soll wohl Mose vorstellen. Künstlerische Änderungen, heißt es im Vorspann, seien mit tiefem Respekt vor den Gläubigen vorgenommen. Der Film zeigt bunte, wirklichkeitsgetreue Zeichnungen und ausgeprägte Charaktere, arbeitet mit dramatischen Einstellungen und erzählt die Fabel einer Konfrontation mit Gott aus menschlicher Sicht.

Die Buntheit der Bilder gefällt ihm. Ein bisschen Disney, wie als Kind. Oder wie Kirchenfenster, wenn im Sommer das Sonnenlicht hindurch scheint. Die Pharaonin trägt ein zartes Schleiergewand, das gegen das Licht ihren Körper sehen lässt. Das Profil des Pharao, der auf der Terrasse seines Palastes steht, wiederholt sich in den gigantischen Statuen in dem Panorama dahinter: Metropole des Nilreiches. In den Katakomben ist der Kindermord an den Hebräern dargestellt, und die Priester beschwören die ganze Galerie der ägyptischen Götter, als Mose seinen Stab in eine Schlange verwandelt.

Aber es ist gar nicht Mose, der das tut, macht der Film klar. Mose hat sich nur berufen lassen, Mose ist nur der einzelne, machtlose Mensch, in dem Gott wirkt. Aus dem brennenden Dornbusch, ein kaltes weißes Feuer, das nicht verzehrt, spricht der Ewige, der Unsichtbare: »Ich bin, der ich bin.« Zu ihm gehöre ich, denkt er plötzlich. Er ist der große Ichbin. Er hat keinen Namen, der ihn besser ausdrückt. Er ist einfach, der er ist. Der Film ist darauf angelegt, religiöse Gefühle zu wecken. Ein gläubiger Film, wenn auch nicht christlich.

Der Film zeigt Gottes Erscheinen in dem Strahlenwirbel, der nachts am Himmel steht und den Würgeengel entsendet; der schleicht durch die Straßen und Gassen, und wo kein Blut am Türholz ihn hindert, erfüllt er den Raum und atmet sein kaltes Seufzen des Todes aus. Oder die Feuersäule, die vom Himmel braust und die Erde vor dem Pharaonenheer verzehrt: machtlose Menschen. Oder dann, als das Meerwasser zu himmelhohen Wänden aufschießt und einen schmalen Durchgang freilässt, auf dem trockenen Meeresgrund, und vor dem durchscheinenden Licht die Schatten von Fischen huschen, als wär's ein Aquarium. Donnernd stehen die Wasserwände – anfangs zaudernd, dann vertrauensvoll zieht das Volk hindurch. Ja, denkt er, das glaube ich. Ohne Wenn und Aber, denn der Gott dieses Volkes ist auch mein Gott. Im Abspann werden viele jüdische Namen genannt.

Es war ein schöner Film, der gut getan hat, kommen sie draußen auf der Straße überein. Sie freuen sich, jeder auf seine Art, dass diese biblische Geschichte zu ihrer eigenen geworden ist. Dass sie ein Teil davon sind. Sie stehen beieinander und frieren, schließlich gehen sie zu dritt heim in die Südstadt in die warme Wohnung. Es gibt noch Tee, bevor es dunkel wird und die Freundin wieder aufbricht.

Er schaltet das Modem ein, klickt auf den Verbindungsbutton, das Modem orgelt zweidreimal, dann tost die Heavy-Metal-Band, dann plötzlich Stille und die Meldung: Sie sind online. Seit zwei Jahren ist er online. Früher hat er den Rechner nur zum Schreiben benutzt. Er kann jetzt auch E-Mails verschicken, in alle Welt. In seiner Heimat hat keiner E-Mail, nur sein Bruder. Er schätzt das neue Medium; es bietet ungeheure Möglichkeiten der Recherche für seine Romane. Er kann sich Aufnahmen von dem Vulkanausbruch auf Montserrat anschauen oder auf Tahiti einen Bungalow buchen oder in Japan grünen Tee bestellen. Er findet Informationen, an die er sonst nur mit großem Aufwand heran kommen würde. Manchmal verliert er sich im Suchen und klickt sich von Seite zu Seite. Surfen heißt das. Eine typische Gefahr des neuen Mediums, sagen Psychologen. Er gibt das Wort *Wok* in die Suchmaschine ein, wartet, bis die Trefferliste erscheint, Sekundenbruchteile später, und schaut sich die angezeigten Seiten an. Bald hat er sich ein Bild davon gemacht, was ein Wok ist, wie man damit kocht und wie viel er kostet.

Sechs Uhr morgens. Draußen liegt die Straße still und verschneit im Laternenlicht. Am

Küchentisch mit dem blauen Wachstuch eine Kerze, Geruch nach Kaffee, Toast mit Butter. Gott hat ihn gepackt. Manchmal lässt er ihn nachts wachliegen oder erschöpft einschlafen, manchmal lässt er ihn früh aufstehen mit einem Widerstand gegen die Kälte, den er nie erhofft hätte. Sie liegt noch im Bett und schläft. Im Wohnzimmer schreibt er dann. Während er schreibt vom gestrigen Tag, vergisst er, dass es Morgen ist. Ein dunkler Morgen. Heute haben sie beide frei. Heute ist Sonntag, der dritte Advent. Er will den Tag feiern, still und zurückgezogen. Er ist zufrieden.

Am Schreibtisch vor dem Fenster ist es kalt. Besonders jetzt im Winter. Die Wärme vom Gasofen reicht dort nicht hin, die Fensterscheibe strahlt eine unangenehme Kälte aus, und die Fenster sind undicht, es zieht herein. Er versucht alles Mögliche, muss aber dann beim Schreiben eine Mütze aufsetzen. Er ist empfindlich am Kopf. Oft bekommt er von der Zugluft schmerzhafte Stiche in Kopf oder Nacken, die er dann mit Schmerztabletten und Muskelrelaxans bekämpfen muss. Die Stiche sind unberechenbar und machen ihn aggressiv. Aber sonst gefällt ihm sein Arbeitsplatz. Er kann aus dem Fenster auf die Straße sehen, das gefällt ihm.

In der Badewanne finden sie öfter Silberfischchen. Er spült sie mit der Brause hinunter. Hier ist es warm und feucht, das mögen sie. Einmal entdeckt er, als er nachts in die Küche kommt und das Licht einschaltet, Heerscharen von ihnen. Der ganze Linoleumboden ist bedeckt. Im Licht fliehen sie und sind gleich darauf verschwunden. Er will gar nicht wissen, in welchen Ritzen und Spalten sie sich verstecken. Am nächsten Tag besorgt sie im Drogeriemarkt eine Flasche Insektenspray. Abends, bevor sie schlafen gehen, sprüht er ein unsichtbares Gitter auf den Küchenboden, damit keines entkommen kann. Es ist ein Kontaktgift, sie müssen nur darüber kriechen. Morgens ist er als Erster wach und sieht das Ergebnis: Die ganze Küche ist voll von kleinen silbergrauen Leichen. Ein trauriger Anblick. Die wollen auch nur leben, denkt er. Er fegt sie mit dem Besen zusammen und entsorgt sie, Schaufel für Schaufel, im Biomüll. Seither sehen sie kaum noch welche. Der Vermieter bietet Mietminderung an.

Im Fernsehen, nachmittags, ein Filmbericht über das Piemont. Eine Tasse Tee dazu. Land am Fuß der Berge. Windstille Tage über dem See: Palmen, Agaven und Oleander in den barocken Villen und Palazzos, morgens liebt man es, von der Brüstung ins kühle blaue Wasser zu springen. In den Pflastersteingassen rankt Efeu, hinter Türen unter Rundbögen verbergen sich Gärten, vergessen, verwildert in der Zeit. Leise seufzt der See gegen die Molen, die Nachen dümpeln an Ketten, das gläserne Lichternetz spielt am schweren Stein. Weinberge reihen sich im Dunst, die Krume aufgefaltet zu langen Wällen urzeitlicher Festungen, und ab und an steht die Skulptur einer Burg aus dem Glanz. Herbst im Piemont. Die Granatäpfel reifen, auf den Alleen liegen aufgeplatzt die haarigen Hülsen der Maronen. Die Mittagsmähler in den Landgasthöfen dauern Stunden, der Wein duftet stark in den Kelchen, über die sahnigen Antipasti hobelt der Wirt Scheibchen für Scheibchen den *tartuffo*, den früher Schweine erschnüffelten. Der Trüffel ist eine Knolle, die im Herbst unter den Wurzeln von Laubbäumen reift, zweitausend Mark das Kilo, verkauft an Händler und Chefs de Cuisines von Paris bis New York. Romanische Kapellen und Kirchen säumen die Wege nach Süden, dämmrige Gewölbe aus Sandstein und gemeißelte Fratzen über den Portalen, die Sonne ruht wehmütig auf den narbigen Wänden wie ein Traum aus einem anderen Land. Im Weinlaub liegt die Sonne rotgold, Fruchtflaum auf den prallen Trauben, jenseits erheben sich über Dunft und Durft schneebedeckte Viertausender. Leben in anderen Zusammenhängen, schreibt er. Ein anderes Leben. Paradiesträume. Ein loser Text, noch ohne Zusammenhang. Er weiß nicht, ob er ihn einmal wird verwenden können. Aber er muss ihn schreiben.

Ein völlig anderes Leben, denkt er, nach der Auferstehung. Was wir hier haben – Essen, Trinken, ein rauchender Herd, genügsame Frist – reicht dort nicht hin. Wir sollen nicht wissen, was nach uns kommt. Wir sollen es glauben ...

Lima Echo Bravo Echo November, buchstabiert er. Leben hat mit Angst zu tun wie Leib mit Enge. Das nennt man eine gleichursprüngliche Erfahrung.

Ein Ziehharmonikaspieler sitzt in einem Hauseingang und spielt sein Repertoire. Obdachlos, bärtig, geächtet. *Musizieren vor unserem Schaufenster verboten*, steht auf einem Schild. Er geht vorbei in tröstendem Selbstvertrauen. Das kann ihm nicht passieren. Bekommt es einen Riss, überfällt sie ihn, die Zerbrechlichkeit seiner Existenz.

Während er die gewaschene Wäsche zusammenlegt Schwarzweißaufnahmen vom Dublin der Jahrhundertwende und Joyces Odyssee durch die Stadt als Formprinzip seines Romans. Minutiöse Notizen, Klarheit der scholastischen Logik, gestorben in Triest. Ihre zerknitterten Slips, bei denen er nie weiß, was oben und unten ist. So hat er sich das früher gewünscht. Antizipierte Idylle: etwas, das in Erfüllung gegangen ist.

Erinnerung an seinen Besuch bei dem Freund in Hamburg. Mit einem der Abendzüge fährt er wieder nach Blankenese hinaus. Gang durch den Hirschpark. Die Stiegen abwärts, die Straßennamen tragen. Es ist warm, Sommer, die Bank an der Promenade frei. Zwischen den Bäumen zieht auf der Elbe ein Schiff vorbei und verdeckt den Horizont, ein großes Containerschiff. Er muss den Kopf in den Nacken legen, will er aufs Deck hinauf schauen. Aus dem Rucksack holt er seine Pfeife und den Tabak, stopft sie, schaut sich um. Das kleine schmale Bändchen aufgeschlagen, die erste Seite. Anzünden, zurücklehnen, die Beine übereinander: Lesen, während das Licht sinkt und golden über dem Wasser schimmert, auf den Wegen die Spaziergänger nach Hause streben. Lesen dürfen. Die Durchlässigkeit der Realität und dahinter, um sie her, die Anwesenheit Gottes. Das will er. Lesen. Schreiben.

Unschuld ist ein verneinter Begriff, schreibt er. Das ist der tiefere Sinn der Sündenfallgeschichte. Zuvor muss einer wissen, was Schuld ist. Wenn einer also versteht, was Unschuld meint, hat er sie schon verloren.

Wie geht es dir?, wird er am Telefon gefragt. Warum geht es mir so dreckig, denkt er an das Lied von *Ton Steine Scherben*. Angegriffen, ängstlich, getrieben, erschöpft, gereizt, schreckhaft, unruhig, unleidig, unzufrieden, zurückgezogen, erwartungsvoll, dumpf, still, wach, süchtig, verwirrt, zerrissen.

Die Erwartende. Aus dem Fries der Lauschenden. Holzplastik von Ernst Barlach. Sie ist in Erwartung. Hoffnung ist das Einzige, was sie noch hat und trägt. Die Arme um den kargen Leib gelegt, die Erwartung kommt aus dem kleinen Bauch. Sie wartet stumm, ausdauernd, entrückt ins Warten. Sie lauscht: In der Waidmannssprache heißt das: *hoffen.* Unverhofft kommt ihr nichts, weder Schmerz noch Sanftmut. Ihr Warten kann ihr niemand nehmen. Denn sie sieht ja nichts, in ihrer lächelnd-ekstatischen Fernsichtigkeit. *Die Hoffnung aber, die man sieht, ist keine Hoffnung.*

Es geht nicht mehr um die Absurdität der Existenz, schreibt er. Die ist hinreichend erwiesen. Es geht auch nicht ums Erfinden. Wir brauchen kein Beispiel unseres Daseins, keine Konstellationen, Kohärenzen, Charaktere. Es geht vielmehr darum, die Ungereimtheiten festzuhalten, wach, horchend, mit klarem Blick, und zu warten, welche Gestalt sich abzeichnet. Es geht um das Leben in seiner Gesamtheit und seinem Wesen. Dazu brauchen wir nur aufzuschreiben, was Tag für Tag geschieht, eine Reihe von Tagen, einer nach dem andern, bis an ihr Ende. Dort wird sich eine Gestalt abgezeichnet haben. Dort wird ein

Hoffen zu lesen sein und in diesem Hoffen ein Sinn, den konnte keiner kennen, aber nun steht er da. Es geht um die Aufzeichnung unseres Daseins – ein immer lesenswertes Dokument unserer Identität. Das wird es wert gewesen sein, einfach darum, weil man es wird lesen können. Weil es das gewusst hat und weil das jeder, der es liest, wieder weiß. Wir brauchen so ein Dokument.

Ein bunter Stapel Flugblätter. Freude an der Arbeit. Die Schnitzel, die er gekauft hat, sind groß; Einkäufe für die Weihnachtsbäckerei: Eier, Butter, Puderzucker, bunte Perlen, Zuckerkulör, Schokoladenglasur. Carl Wittgenstein resümiert über sein Leben, er muss ihn endlich zum Ende kommen lassen. Hinter ihm legt sie die Wäsche zusammen. Beim Backen in der Küche hilft er den Teig kneten. Der Teig klebt in der Schüssel und knirscht leise vom Zucker, wenn er die Förmchen eindrückt. Der Geruch der Plätzchen erinnert ihn an seine Kindheit. Kindheit und die Attentate der RAF, denkt er. Die Flugblätter aus Carls künftiger Arbeit gibt es nun wirklich.

Wenn er ins Badezimmer tritt, trifft ihn unerwartet eine Verheißung: Helle, Frische, Behaglichkeit. Eine Zelle aus Ordnung und Sauberkeit in der Wohnung, die seine Burg ist, Sauberkeit für den Leib und wohltuende Pflege. Als liege hinter dem Fenster noch die gläserne Weite des Sommers.

Wieder ein Adventssonntag. Gemeinsam liegen sie auf dem Sofa und schlummern ein. Nachmittags bastelt sie Weihnachtskarten, er sucht Bibelverse heraus für die Verschenkkalender. Draußen wird es dämmrig. Bald können sie die Kerzen am Kranz anzünden. Die Adventszeit geht zu Ende. Tee dampft auf dem Stövchen, in der Schale stehen selbst gebackene Plätzchen bereit. Die Türchen in der Kalenderstadt öffnen sie immer gemeinsam: Da sitzt eine Frau am Spinnrad in dem kleinen Haus mit dem Gänsestall; auf der Brücke über den Winterbach geht ein Herr im Rock und mit Dreispitz; im Torbogen singen Sternsinger und in der Stube unterm Dach erforscht ein Astronom den Nachthimmel; der Bäckerstand hat die Lade herunter, Weihnachtsbäume werden angeboten, hinter den Fenstern lauschen Kinder den Erzählungen ihres Großvaters, und vom gotischen Kirchturm schallt der Chor. Sie sind traurig, dass die Zeit des Wartens zu Ende geht. Vielleicht liegt das daran, dass eben die Ankunft noch aussteht. Sie singen gegen die Zeit, mittelalterliche Weisen, dass sie *mit Rosen, Nelken, Rosmarin aus schönen Gärten wollen ihn* bestreuen, den Heiland. Sie gehen nicht zum Gottesdienst. Spät nimmt er noch ein heißes Bad, Eukalyptus und Kampfer, und liest über einen Hamburger Pastor den Sinn des Lebens: der Glanz Gottes, vor dem sie existieren. Das neue Leben, denkt er. Es hat schon angefangen. Es wird weitergehen, auch nächstes Jahr. Wir führen ein Leben in Gott, denkt er, das ist so.

Immer, wenn er in ein Schaumbad steigt, muss er an den Tōkyōer Zoo denken an den Hängen über der Stadt, an den schönen Pfau im verdreckten Drahtkäfig, an den Rückweg zur Bahnstation, der ihn zwischen stille Gärten mit weißen Häusern führte, mit mächtigen alten Kiefern und Teichen und Hecken aus Roseneibisch. Es war Herbst damals, die Stadt lag dunstig zwischen den roten und gelben Berghängen. Das Bild stammt aus seiner Kindheit, als er abends einmal einen Filmbericht über die Zoos der Welt sehen durfte und anschließend ins Bad geschickt wurde. Jedesmal, wenn das

Wasser einläuft und das Kräuteröl zu duften beginnt, überfällt ihn dieses Kindheitsgefühl, nicht wie eine Erinnerung, sondern wie ein Sprung in eine andere Wirklichkeit. Manchmal reicht es schon, wenn er nur ans Baden denkt.

Um neun wird der Tag ausgeläutet. Die ehernen Stimmen der Glocken stehen über der Stadt. Friede kehrt deshalb nicht ein, aber die Losung gilt.

Es ist wieder kälter geworden. Frühmorgens im leisen Schneetreiben geht er durch die Straßen. In einer Kneipe, das Fenster auf Kopfhöhe, spielt ein Radio. Voraus, um die Ecke, liegt der Supermarkt, wo sie immer einkaufen. Im Wartezimmer der Zahnarztpraxis denkt er wie im Kinderduden: *Im Wartezimmer der Zahnarztpraxis.* Der Geschmack der Gummihandschuhe im Mund, das gefühllose Bohren und Schleifen, Rattern und Fräsen, Spülen und Saugen. Spülen Sie aus!, sagt die junge Assistentin, er nimmt das Glas und spürt seine Lippen kaum, sabbert wie ein alter Mann. Der Zahnarzt trägt einen Mundschutz, weil er eine Amalgamplombe gewünscht hat, die Quecksilber enthält. Eine Porzellanplombe zahlt die Kasse

nicht. Auf dem Heimweg geht er beim Fotohändler vorbei: Die Abzüge sind gut geworden.
Mit tauben Lippen und Zunge geht er durchs
Schneetreiben, das Grün der Fußgängeram-
peln, Dezembermorgen. Aus der Kraft eines
Anderen leben, denkt er: *Denn nicht ich lebe, sondern Christus lebt in mir*. Das wäre eine Lösung.
Aber wie geht das? Es ist nicht meine Kraft, in
der ich gehe, denkt er. Deshalb ist es egal, wie
weit sie reicht ...

Roter Sand auf dem Flugfeld. Nach der Lan-
dung in Melbourne, als alle dem Ausgang zu-
streben, trifft er Dave wieder. Sie unterhalten
sich über den Film, den sie an Bord gesehen
haben. *A bit melodramatic*, sagt Dave wegwer-
fend und lächelt. Er hat seinen Seesack über
der Schulter und wird hier seine Stelle antre-
ten. Auch Christiana ist am Ziel; ihre Tante
wird sie abholen. Zum ersten Mal steigen sie
auf dem Flugfeld aus und müssen den Weg
zum Flughafengebäude zu Fuß gehen. Roter
Sand weht übers Flugfeld, blauer Himmel,
Morgenwärme. Das Gepäck wird durchleuch-
tet, er muss durch eine elektronische Sperre gehen, wobei er an das Koppelschloss aus Metall
denkt, das er trägt. Er legt es vorher ab und wird
nachher noch einer Leibesvisitation unter-

zogen.

Ihr Bruder ist zu Besuch. Er ist auf dem Weg
nach Hause zu den Eltern zum Weihnachtsbesuch, Nürnberg liegt auf dem Weg. Er studiert
in Heidelberg, hat ein Zimmer in einem Stu-
dentenwohnheim und bringt Schmutzwäsche
von fünf Wochen mit. Später ruft die Mutter
an und fragt nach, wann genau er komme. Sie
wollen um halb sieben zu Abend essen, und
vorher müsse noch der Baum geschmückt werden. Seine Frau lacht. Das kennt sie noch aus
ihrer Zeit zuhause.

Eigentlich sollten sie längst auf der Autobahn sein, auf dem Weg zu ihm nach Hause.
Sie wollen Heilig Abend bei seinen Eltern verbringen und die Weihnachtsfeiertage bei seinen Schwiegereltern. Stattdessen hat er Tempe-
ratur und liegt im Bett. Vor dem Fenster die
Wand der Postfiliale, auf der am Nachmittag
die hervor brechende Sonne leuchtet. Die Na-
senhöhlen sind wund, es pocht, der Kopf
schmerzt. Der Schwager trinkt Kamillentee,
sieht ihr beim Einpacken der Geschenke zu
und isst die übrig gebliebenen Lebkuchen auf.
Einmal steht er in der Tür zum Schlafzimmer
und unterhält sich mit dem Kranken über die
Schwäbische Alb.

Auf der Alb werden jetzt Buchenkloben fürs Feuer gehauen, denkt er. In den Dörfern riecht es brandig, ein rauchiges Winterlicht über den Äckern, auf den Straßen Fahrrillen im Schnee, glasig erfrorene Hagebutten in den Hecken.

Als der Schwager sich verabschiedet, ist es dämmrig geworden. Vor dem Fenster flammt die Neonwerbung der Post auf. Es war schön, denkt er, dass er hier war.

Heilig Abend auf der Autobahn. Seine Frau fährt, er blickt aus dem Seitenfenster. Er stellt sich vor, dass all diese Autos dem Abend in einem Haus mit Lichtern entgegen fahren. Der Tag ist grau, ohne Schnee, stattdessen Nieselregen, Scheinwerferpaare im Gischtnebel. Während der Fahrt essen sie die kalte Pizza von gestern und trinken aus Colaflaschen. Einmal hat der Wagen Fehlzündungen und nimmt das Gas nicht mehr an, ihr fährt der Schreck in die Glieder. Aber nach einem Halt auf dem Rastplatz tut er's wieder. Sie passieren zwei Autobahnkreuze, wechseln die Richtung und kommen in für ihn heimatliche Gefilde. Sie sind noch rechtzeitig zum Gottesdienst in seiner Heimatgemeinde, in der er vor fünf Jahren zum Glauben kam.

Zwei Tage vor Silvester sind sie wieder zurück. In der Lebkuchenstadt. In der Großstadt, die seit zwei Jahren seine Heimat ist. Auf der Rückfahrt, als sie von der Autobahn kommen, sieht er die Stadt wie zum ersten Mal, wie eine heimatlose Fremde. Ein Abschnitt seines Lebens ist zu Ende gegangen, das weiß er. Er ist froh, in die Fremde zu kommen, Abstand von zuhause zu haben. Von vielem hat er sich befreit in den letzten Monaten. Er hat nun etwas vorzuweisen: eine Wohnung, eine Ehe, eine Arbeit, eine Sicherheit, wer er sein darf: der Schriftsteller. Einen Parkplatz finden sie rasch, auf dem Weg zum Haus klingen ihre Absätze auf dem Asphalt, das Licht im Treppenhaus, der Briefkasten mit ihrem Namen. Es ist gut, wieder zuhause zu sein.

Lange vor Tagesanbruch: Weltraumnacht vor dem Fernseher, im stillen, unwirklichen Raum der elektromagnetischen Wellen. Ein Videoclip: goldenes Wasser des Ganges, in das einer eintaucht im Sprung von der Pagodenspitze, Glanz und Spiegelung, Blüten treiben wie Glas auf den Strömen, Herrinnen tauchen aus nebelverhangenen Seen auf. Der Lotos wächst aus dem Schmutz empor ins Licht, hindurch durch die Täuschungen der Weltenwasser, umflossen vom Schimmer einer jenseitigen Glückselig-keit. Ein Mann, stoppelbärtig, die Augen ge-schlossen, bittet wenauchimmer: *Take me back to my rivers of belief.*

Im Drogeriemarkt an der Kasse fallen ihm zu-erst die Römersandaletten in Weiß auf und die blaulackierten Zehennägel. Sein Blick wandert empor: die schmale Hüfte, der magere Ober-körper, der apfelgroße Busen, der sich scheu unter der Bluse wölbt. Er ist überrascht von die-ser Wölbung. Er hätte sie an diesem leptoso-men Jungfernleib nicht erwartet. Der Blick ins Gesicht schockiert ihn: Das ist ein kleines Mäd-chen, das sich Süßigkeiten kauft, eine Brille auf der Nase, kaum zwölf wird sie sein. Er schämt sich jetzt für seine Blicke. Das kann ja keiner wissen, denkt er. Für wen, denkt er, machen sie sich eigentlich so hübsch? Wer erzählt ihnen, dass sie sexy aussehen müssen? Erzählt ihnen lieber von den lüsternen Blicken adipöser Fast-vierziger, die verloren von Nymphen träumen!

Das Erlebnis geht ihm nach. Er fällt aus der Rolle als Musikverkäufer. Er sieht sich von au-ßen: lüstern, verklemmt, auf der Toilette die Hand in der Hose. Lolita-Syndrom oder schon Pädophilie? Tatsächlich auf der Toilette, schaut er sich im Spiegel an. Sein schräges Augenlid.

Die wilden Brauen. Das Doppelkinn. Der Drei-
tagebart. Die Lippen, die sich immer schürzen.
Wer ist er? Man muss schon ein Bild von sich
haben, fällt ihm der hermeneutische Zirkel ein,
sonst würde man sich im Spiegel gar nicht erkennen. Man geht herum, als wäre man hier zuhause, und weiß, wer man ist, und ein kleiner
Spiegelblick schmeißt alles in Scherben. Den
Rest des Arbeitstages ist er unzufrieden mit
sich. Er mag sich nicht. Heute wäre er wirklich
gern ein Anderer.

Am Abend gelingt der Rückzug nicht. Seine
Frau hat Spätschicht. Er will sich in seiner
Höhle verkriechen und Zweisamkeit haben, auf
dem Sofa beieinander liegen, die Sicherheit
und Geborgenheit fühlen, in der er lebt. Aber
es geht nicht. Als sie um zehn kommt, ist der
Tee leergetrunken und die Kerze herab ge-
brannt. Sie ist müde und will gleich ins Bett.
Verständlich. Ich bin mit dem Tag durch, sagt
sie. Er redet tröstlich mit ihr und streicht ihr
zärtlich über die Wangen. Er will sie liebevoll
gehen lassen, stattdessen giert er nach letzten
Berührungen. Als sie schläft, ist es in seinem
Kopf wie ein Knäuel, das sich zuzieht. Es wird
ihm immer auswegloser. Unruhe, Traurigkeit,
das Gefühl etwas tun zu müssen, aber wogegen?

Er sitzt auf dem Sofa vor dem flimmernden Bildschirm, verfolgt stur die Handlungen ohne Ton. Plötzlich bricht es aus ihm heraus. Die Wut. Er schlägt sich mit der Faust aufs Knie, bis es schmerzt. Er will das alles nicht mehr ertragen. Nicht mehr aushalten müssen. Er wütet und schimpft und flucht, halblaut, weil er sie nicht wecken will und Rechenschaft ablegen müssen. Er kennt diese Ausbrüche. Sie kommen ganz plötzlich. Irgendein Auslöser, irgendein Anlass – sicher. Aber sie kommen scheinbar ohne Grund. Er fühlt sich im Stich gelassen. Allein gelassen, ausgesetzt, auf sich geworfen. Was wird ihm zugemutet? Warum? Er tigert im Wohnzimmer umher, fleht zu seinem Gott. Dabei weiß er, dass nur er es ist, der falsch ist, nicht die Umstände. Es geht ihm gut, seine Frau liebt ihn, er hat ein Dach über dem Kopf und zu essen – was ist es, das er nicht mehr aushält? Fassungslos setzt er sich, atemlos vor Verzweiflung.

Es ist ausweglos.

Aber dieses Gefühl ist eine Lüge.

Er weiß es. Er hat es schon oft mitgemacht. Er muss nur ruhig werden, die gereizten Nerven beruhigen. Dann löst sich das Knäuel. Dann rückt die Welt wieder zusammen. Er hat es oft erlebt.

Er tut, was er immer tut: Nimmt zwei Baldriantabletten, macht sich einen Tee in der Küche, setzt sich vor den Fernseher, um sich abzulenken. Nur jetzt nichts lösen wollen, denkt er. Die Lösung ergibt sich morgen früh. Nur jetzt nicht analysieren, das verstrickt nur alles. Atmen, tief und ruhig. Ans Nächstliegende denken.

So kommt er zur Ruhe. So geht der Anfall vorbei. Aber der Schreck wird bleiben und alles unsicher machen.

An Silvester geht es ihm nicht gut. Morgens arbeitet er noch im Drogeriemarkt. Zuhause erwartet ihn seine Frau und trifft gemeinsam mit ihm die Vorbereitungen für das Abendessen. Fleischfondue soll es geben. Danach legt er sich aufs Sofa und schläft eine Stunde.

Als er aufwacht, dämmert es bereits. Von Silvester oder gar Jahrtausendwende will er nichts wissen. Seine Frau kann dem Glockenschlag um zwölf auch nichts abgewinnen. Sie will einen gemütlichen Abend zuhause, mit gutem Essen und behaglicher Zweisamkeit.

Sie stellen die Schälchen mit den Fleischsoßen ins Karussell des Brenners, erhitzen auf dem Herd das Fett im Tiegel, verteilen die Schüsseln mit Mandarinen, Maiskölbchen, Gürkchen, Silberzwiebeln, eingelegten Kürbissen, Oliven und Mandarinen aus der Dose auf dem Wohnzimmertisch, dazu eine Schale mit Salat und einen Korb mit geschnittenem Weißbrot.

Es gibt einen Elsässer Gewürztraminer dazu, brennende Kerzen und Händels *Feuerwerkmusik* aus dem CD-Spieler. Das Fett schmurgelt auf dem Spritkocher, es brodelt, wenn sie die bestückten Gabeln hinein legen. Er liebt Fondue. Der gasige Geruch nach Sprit und frittiertem Fleisch, der den Raum erfüllt. Das mähliche Sattwerden. Das Plaudern mit dem Partner, während man wartet. Von der Spannung eines Silvesterabends, wie er sie früher erlebt hat, ist wenig mehr übrig. Selbst die Jahrtausendwende berührt ihn kaum. Würde es draußen nicht manchmal böllern und die Nacht wie von Gewittern erhellen, könnte es ein gewöhnlicher Abend sein.

Ein Film in einem der Dritten. Die Silvestershow wollen sie nicht sehen. Das obhligatorische *Dinner for one*, sie lachen tatsächlich immer noch über die alten Witze. Unmerklich wächst in ihm die Anspannung. Sie hatten vor, den Abend zurückgezogen zuhause zu verbringen.

Aber um zehn hält er es nicht mehr aus.

»Lass uns zum Hauptmarkt fahren«, schlägt er vor. »Schauen, was da los ist.«

Sie ist vom Essen müde und will sich ausruhen. Aber ihm zuliebe geht sie mit.

Die U-bahn ist gerammelt voll. Alle fahren in die Stadtmitte. Eine Rampe führt vom U-bahnhof Lorenzkirche hinauf zur Königstraße. Fußgängerzone. Schon unten in der Unterführung staut es sich. Von oben werden Böller hinab geworfen und explodieren gefährlich nahe. Ihm behagt die Knallerei nicht. Er findet es unmöglich, Feuerwerkskörper sehenden Auges auf Menschen zu werfen. Schützend nimmt er sie in den Arm, und im Laufschritt erreichen sie das Straßenniveau. Dort zeigt sich das ganze Bild.

Es sind nicht Tausende, es müssen Zehntausende sein, die gekommen sind. Alle stehen dicht an dicht, eine unübersehbare Menschenmenge. Nichts bewegt sich, bis hinunter zum Hauptmarkt ist alles voll, sie stehen in Gruppen zusammen, lachen, reden, trinken Bier und Sekt. Kein Durchkommen. Völlig illusorisch, den Hauptmarkt zu erreichen, um zu sehen, was los ist. Geschweige denn zur Burg, wo sie hätten von der Freiung über die Stadt blicken, das Feuerwerk sehen können. Feuerwerk über der Schattenburg, von Scheinwerfern angestrahlt. Ein Lärm herrscht von unzähligen Stimmen, mitunter hören sie Musik aus Ghettoblastern.

Zuerst versuchen sie, vorwärts zu kommen, versuchen, über die Seitenstraßen zum Platz hinunter zu kommen. Aussichtslos. Sie stecken irgendwo in der Kaiserstraße fest. Ein paar Jugendliche rüpeln sie an, es wird gelacht und gedrängt, nichts mit allgemeiner Verbrüderung, Freude schöner Götterfunken erstickt in der schieren Masse. Manche sind schon besoffen, torkeln herum, ihn macht das Gedränge und die aufgeheizte Stimmung aggressiv. So hat er sich das nicht vorgestellt.

»Lass uns wieder heimgehen«, sagt sie dicht an seinem Ohr. »Das hat keinen Sinn.«

Sie entschließen sich kurzerhand, aber es ist nicht so einfach. Sie müssen sich gegen das Gedränge durcharbeiten zur U-bahnstation, erzeugen Missmut und Empörung, weil er immer rücksichtsloser gegen die Menschenmauer vorgeht, wie ein Bulldozer bricht er sich eine Bahn, sie in seinem Windschatten. Ein Böller explodiert ganz in der Nähe. Sie stolpern die Rampe der Unterführung hinab und erreichen eine U-bahn. Der Wagen ist ziemlich leer, alle sind oben, auf dem Platz.

Er ist enttäuscht. Er ist nervös und gereizt. Das ist ihm alles zu viel, und er wünscht sich zurück in ihre stille Wohnung. Als sie aussteigen, stehen dort Leute in Gruppen zusammen und werfen Böller. Einmal wirft ein Mädchen einen Feuerwerkskörper ihm direkt vor die Füße, er sieht das glimmende Ding auf ihn zu kollern, weicht zurück, hält sich die Ohren zu, es kracht laut, und er wird wütend Wut. Er stürmt auf die Gruppe los, schreit das Mädchen an, drängt sie mit der Wucht seines Brüllens gegen die Hauswand. Er kann einfach nicht fassen, dass man gezielt Menschen mit Feuerwerk bewirft. Das Mädchen schaut gelangweilt zur Seite und sagt nichts. Ihr Freund mischt sich ein und mahnt ihn zur Besonnenheit. Er würde sich am liebsten auch mit ihm anlegen, weiß, dass er kurz davor steht, in eine Prügelei zu geraten. Er versucht, sich zu beherrschen, seine Frau holt ihn aus der Gruppe heraus, die sich schon um ihn schart. Beleidigungen und Drohungen, sie gehen weiter. Es ist nicht mehr weit. Die Jahrtausendwende kann ihn mal.

Sie sind froh, als sie die Haustür aufschließen. Drinnen in der Wohnung ist alles still und so, wie sie es zurückgelassen haben. Das Fonduegeschirr steht auf dem Tisch, es riecht nach Spiritus, sie haben es gerade noch geschafft vor dem Glockenschlag.

Sie löschen die Lichter, am Schlafzimmerfenster sehen sie Raketen steigen vor dem Hintergrund der Häuser, Pulverdampf zieht durch die Straßen.

Sie umarmen einander, sind froh, beieinander zu sein. Sie singen, das Lied, das sie immer an Silvester singen, *Der Du die Zeit in Händen hast*. Sie geben, wie es in dem Lied heißt, das ganze Jahr zurück in Gottes Hand. Er soll die Last in Segen verwandeln.

Ein langer Kuss unter dem Fenster. Der gärigsüße Sekt im Glas. Draußen das Große, das Jahrtausend, das durch die Straßen streift und sich vor dem Angesicht der Ewigkeit klein ausnimmt.

Sie gähnt und muss ins Bett, hofft, dass sie trotz der Knallerei wird schlafen können. Er setzt sich an den Rechner und schreibt. Das Neue fängt an, wie das Alte aufgehört hat, schreibt er. Es geht weiter, unverändert.

Er schreibt. Eine Stunde. Die Nacht ist geräuschig, die Stadt noch wach. Er schreibt eine Stunde lang ins Tagebuch, versucht zu fassen, was ist. Dann macht er sich einen Tee, setzt sich vor den Fernseher, wo noch ein später Film gesendet wird.

Das Alte und das Neue. Es ist alles nicht so einfach. Ein neues Leben, ein neues Jahr. Weihnachten, die Adventszeit haben wieder einmal nicht erfüllt, was er sich davon versprochen hat: Geborgenheit, Heimkommen. Im großen Zusammenhang Frieden haben. Als Jugendlicher hatte er immer die Angst, dass ein Stillstand eintritt, ein Nachlassen der Intensität, eine Nivellierung der Spannungsbögen. Aber das ist es nicht, stellt er fest. Es ist kein Stillstand. Es ist die Last der Geschichte, die zunehmende Last der fortschreitenden Lebensgeschichte. Der Horizont wird weiter, die Zusammenhänge größer. Man sieht mehr, weiß mehr. Das ist es, was dämpft. Eine Gleichgültigkeit, weil die Erfüllung weiterhin ausbleibt. Schneller am Abwinken: Ach, was soll's? Resignation, obwohl alles ja seinen Sinn hat. Nur an wenigen Tagen, in gezählten Stunden noch: der unbedingte Ausbruch, die Suche nach Sinn, die Sehnsucht nach Freiheit und erfülltem Leben! Immer nur das eigene Feld pflügen. Wer immer sein eigenes Feld pflügt, will auch einmal ernten. Ist die Zeit reif für die Ernte? Er weiß es nicht.

Ich habe kein festes Ziel in meinem Leben, schreibt er. Immer hatte ich ein Ziel: erfülltes Leben, Leben mit dem großen Zusammenhang, Leben am Rand der Ewigkeit. Mittlerweile habe ich Möglichkeiten und erreichbare Ziele. Das hat den Träumen nicht gut getan. Wie Carl Wittgenstein in seinem Roman: die Lähmung des Traumnervs. Vom *großen Leben* möchte er seit einigen Jahren nicht mehr reden. Das große Leben gibt es nicht, aber das zufriedene kleine gibt es für ihn eben auch nicht. Es fehlt der Friede dazu. Aus dem Frieden die Geborgenheit. Und aus der Geborgenheit heraus die Freiheit. Er sucht nach einem neuen Lebensziel, er will seinem Leben eine neue Richtung geben. Schriftstellersein. Eine literarische Existenz führen. In San Francisco oder in Kyôtô oder auch bloß in Hamburg. Ein leichteres, unbeschwerteres Leben unter anderen Bedingungen. Aber vielleicht ist auch das nur eine Illusion, denn das Leben ist überall dasselbe. Was er noch will, weiß er nicht. Leben für Gott, ja, aber was heißt das? Wie geht das?

Geschichten erzählen vielleicht. Geschichten über Gott und die Welt, Geschichten von Glück und Träumen, von Aufbruch und Gelingen. Geschichten erzählen für Menschen, denen es genauso geht. Oder, jenseits davon: die Sehnsucht nach dem Aussteigen aus aller Geschichte. Das Aufhören des Erzählens und der Beginn des Lebens. Einfach und unmittelbar, intensiv, im klaren Bewusstsein des Augenblicks. Dem Leben einfach seinen Lauf lassen, im Strom treiben, Freude klar wie Quellwasser, sprudelnd und lebendig und nicht die brackigen Brühe der Zisternen. Nähe, herzklopfend, wie unvermutete Liebe. Wenn Gott alle Last abnimmt, denkt er, dann zuerst jene der Geschichte.

Neujahrsmorgen. In der Küche ist es kalt. Teegeruch aus der geöffneten Silbertüte, das Geschirr vom Festfondue gestern Abend. Im Wohnzimmer rauscht die Heizung. Vierschanzentournee. Während sich das Weißbrot von gestern in der Milchschale vollsaugt, landet der Pole seinen Hundertdreißigmetersprung. Über die sonnenhellen Dächer hin ins Blau, denkt er. Bambusleitern, Pavillons, dem Himmel benachbart. Jemand wäscht Wäsche. Man fröstelt in der Kühle, fern am Berg löst sich letzter Dunst. Im Blau des Himmels strecken sich die Papierdrachen von Neujahr, bunte Standarten über den Dächern, an hohen Stangen festgebunden. Glücksdrachen, Glückshimmel, Glückskeks. Sprachlosigkeit, allmählich weichend. Bist du da, Gott? Es geht weiter, unausweichlich.

Frühlingsanbruch im Januar. Märzenblau über den Hausdächern und über der Burg, das lockt sie beide zum Bummeln. In der Pillenreutherstraße ein Herr im Trenchcoat mit Metallkoffer und blanken Schuhen, auf dem Koffer Aufkleber, irgendwas mit Israel und ein Rangabzeichen. Sicher ein Pilot, sagt sie. Vor einem Geschäft für Pokale bleibt er stehen, im Vorbeigehen entziffern sie: *Schalom für Israel*, vielleicht der Rang eines Flugkapitäns, eilend zu seiner Crew. Als er sich einmal umdreht, als hätte er sie beide gehört, lässt ihn das hagere, krummnasige Gesicht an einen heißen Nachmittag in einer Grapefruitplantage in Jaffa denken.

Das tut ihm nicht gut. In einem Anfall von Wut schmeißt er die Fototasche aufs Pflaster. Er erschrickt. Sie auch. Hebt sie auf und schaut nach. Die Linse hat's zerbröselt, Splitter und Glasmehl wie unter Einwirkung von Maschinenkraft. Den Objektivdeckel, den Skylight-filter und die Linse glatt durchstoßen. Fassungslos steht er vor den Scherben, weniger der Schaden bestürzt ihn als der unvermittelte Einbruch des Unheils. Das Gefühl, als hätte ihn ein Fluch eingeholt. Das Alte und das Neue, denkt er.

Einige Zeit stehen sie an der lärmenden Straße, Autos hupen bei der Einfahrt zum Bahnhof,. In den Fußgängergraben führt eine breite Rampe, auf der die Passanten perspektivisch verkürzte Beine haben. Trotzdem gehen sie weiter.

Die Ladenstraßen sind bevölkert. Eine Italienerin und eine Japanerin befragen sie zum

Weltfrieden. Man sollte, sagt er hinterher zu ihr, immer ein paar Flugzettel im Rucksack haben. Das Flanieren löst die Stimmung. Schräg und grell fällt die Sonne an Häuserecken in die Gassen. Auf dem Rückweg schauen sie beim Fotohändler ins Fenster und finden viele Objektive aus zweiter Hand, Zoom achtzig bis zweihundert, alles erschwinglich.

Vor ihrem Haus: Eisenzäune, Hunde an Leinen, einparkende Autos. In einem kahlen Baum sitzt eine Amsel, dick und träge. Sie hebt nicht an zu singen, aber die Straße herauf dringt der Gesang eines Artgenossen: Frühlingsmelodie im Januar.

Rosentee und Räucherstäbchen. Ian Gillan singt von einem Kind in der Zeit. Abends geht seine Frau Schlittschuhlaufen, er sitzt allein am Schreibtisch. Als es draußen dunkel wird, schaltet er die Lichterkette am Fenster an. Nach getaner Arbeit steigt er in ein duftendes Heublumenbad und liest über den Pflug im schwäbischen Dorf um die Jahrhundertwende. Der ist geschickt zum Reich Gottes, der das Ziel fest im Auge behält und die Hände entschlossen am Pflug, denkt er. Gegen elf kommt sie zurück. Carl Wittgenstein spricht um einen Job als Verkäufer vor, und er lässt ihn so zurück,

am Ende des sechsten Kapitels, der Roman ist
fertig.

Wieder etwas, das in Erfüllung geht: fremde
Stadt, Abendlichter, aufgeräumtes Zimmer, das
hilfreiche Gespräch mit einem Psychologen. Er
will es einmal versuchen, erste probatorische
Sitzung. Ein holzgeschnitzter Waran aus Flores.
Eine dumme Bemerkung über die Bibel. Da
müssen Sie durch, sagt der Mann. Er nennt ihn
in Gedanken *Frettchen*. Er ist argwöhnisch.
Heimfahrt im dunklen Wageninnern, blen-
dende Scheinwerfer im Regen. Hier wird er
nicht mehr herkommen.

Im Fernsehen ein Kloster im Donauried,
zwischen Feuchtwiesen und stillen Kanälen.
Man verehrt dort eine mystische Äbtissin, ihr
sage ich alles, was ich auf dem Herzen habe, erzählt die Nonne selig. Möglich, dass ihm das
Verteilen der Flugblätter an der Zentralmensa
noch nachgeht. Das Bekennen, Geradestehen
dafür, die Ablehnung, die Gleichgültigkeit.

Nachts liegt er wach, müde, angegriffen.
Spät vor dem Fernseher, Frankfurter Poetikvor-
lesungen zu Handke, man sieht im Hörsaal alt-
gewordene Liebhaberinnen, gelangweilte Studenten, Herren im Anzug. Der Versuch einer
Neukonstruktion des Ich sei vielleicht der

eigentliche Grund, meint die Dozentin und zieht neckisch die Unterlippe ein. Was wir darin läsen, kennten wir: die Einsamkeit und das Unverstandensein. Das Zwiegespräch mit dem dunklen Hintergrund, dem wir unser Hiersein verdanken. Er nimmt eine Baldriantablette.

Zum Mittagessen Spaghetti mit Basilikumsoße und französischen Rotwein. Während sie zum Flughafen fährt, spült er ab, saugt die Teppiche, putzt das Klo. Als es draußen schon dämmert, machen sie gemeinsam die Hausordnung: scheuern den Holzboden mit Stahlwatte ab und tragen das Wachs neu auf. Er will die nächsten freien Tage nutzen. Er will arbeiten, hervor bringen. *Poiësis.*

Sein Vater hat heute Geburtstag. Er ist genau dreißig Jahre älter. Seine Geschichte lernte er zu erzählen, weil es auch seine eigene ist. Vielleicht hat er auch seine Tugenden übernommen, obwohl sie ihm anfangs Angst machten. Disziplin, Pflichtgefühl, Ausdauer. Der Vater freut sich über den Anruf. Seine Stimme verrät Weichheit und Rührung. Einmal sagt er, dass ja niemand gewollt habe, dass es ihn gebe. Seine Mutter nicht, sein Vater nicht, den hat er nie gekannt. Aber Gott, möchte er ihm am liebsten sagen: Gott hat dich gewollt. Er liebt dich deshalb. Er kennt dein ganzes Leben, er kennt das Leid und den Schmerz und die Stunden, in denen du ganz allein warst. Es ist dann nur *eine* Spur im Sand, verstehst du? Er hat dich getragen. Aber er sagt nichts.

Abends sind sie bei Freundinnen von ihr zum Essen eingeladen. Sie gehen in der kalten Dunkelheit die Straßen entlang in eine Gegend, in der er noch nie war. Sie kommen an einer Fabrik vorbei und einer Gastwirtschaft; auf dem großen Vorplatz parken Autos. Beim Überqueren der Fahrbahn schauen sie sich vorsichtig um, Rollsplitt vom Winter knirscht unter ihren Schritten. Dann ist es eine Tür in einem Haus und eine Holztreppe zu einer Wohnung wie dort, wo sie wohnen. Das Haus gehört einer evangelischen Laiengemeinschaft; im Parterre wohnt die ältere Dame, von der er in einer theologischen Buchhandlung gehört hat. *Lindemann* steht auf dem Klingelschild.

Die Wohnung hat drei Zimmer und einen Flur, der als Esszimmer genutzt wird. Die drei Freundinnen wohnen gemeinschaftlich hier. Das Zimmer der Einen ist noch nicht eingerichtet. Regale werden zusammengebaut, Kartons stehen herum. Das Zimmer der Anderen ist ihm unheimlich, als sie darin sitzen und auf das Essen warten. Zu viel ledige Weiblichkeit, zu viele Schleifen, Gazevorhänge, Blumen, Bücher und Aktenordner in einem verhängten Gestell an der Wand.

Um zehn brechen sie auf. Die Straßen sind auf dem Rückweg bekannter, bald erkennt er das indische Restaurant am Eck. Ein schöner Gedanke in den künftigen Tagen: So nah bei Freunden wohnen.

Loving you sunday morning. Sie steht nackt in der Badezimmertür. Im Hintergrund rauscht das Wasser in die Wanne. Es duftet nach Melisse. Immer wenn er in ein Schaumbad steigt, muss er ja an den Tôkyoer Zoo an den Hängen über der Stadt denken. Heute aber nicht. Heute steigt sie in ein Schaumbad. Er muss an ihre Brüste denken, die da so nackt und rund, mit deutlichen Höfen um die Warzen, herum wackeln, und an das Haarnest zwischen ihren Beinen.

»Das macht mich an«, sagt er.

»Das soll es auch«, sagt sie.

Er umarmt sie von hinten, fährt mit der Hand zwischen ihre Beine, gleitet höher und spürt an den Finger, wie ihre Brustwarzen hart werden. Beim Baden lässt er sie allein.

Im Fensterviereck blauer Himmel. Sonntags-
himmel. In Bademantel und Schlafanzug kochen sie Gulasch. Als das Fleisch mit Lorbeer
und Paprika mild im Topf gart, waschen sie
sich und ziehen sich an. Gemeinsames Bibelle-
sen bei einer Tasse leichten, goldenen Darjee-
lings. Hernach schmeckt das Essen. Butterbrö-
sel über die Nudeln, ein Glas herben Rotweins
aus den Cevennen. Sie nehmen sich den Feier-
tag und fahren hinaus in den Forst am Stadtrand, zu einem Weiher in der Nähe des Tier-
parks. In der kalten Luft ist es frostig am Wasser. Die Pfade nass und schwarz, Grundwasser
steht in morastigen Seen, Kanäle ziehen zwischen den Kiefern. Das hat ihr gefehlt, meint
sie. Er hakt sich beim Gehen bei ihr ein. Die
Dämmerung senkt sich über den Wald, die
Wege führen verlassen, voraus schimmern
Lichter. Sie halten darauf zu und kommen an
eine Laubenkolonie des Geflügelzüchterver-
eins, ein Wohngebiet, sie müssen die Straßennamen lesen, um zu wissen, wo sie sind. Als sie
nach Hause kommen, ist es dort frischer, die
Eintönigkeit aufgebrochen.

Wieder gibt es Tee, diesmal süßen Karamell-
tee mit Kandis und Sahne, eine Pfeife dänischen Tabaks dazu. Sie schauen die Videokassetten mit den gesammelten, aus dem Fernsehen aufgezeichneten Dokumentationen durch.

Eine bunte Vielfalt, eine Schatztruhe. Kultur, Geschichte, Kunst, Natur.

»Die Welt kennen lernen«, sagt er mit der Pfeife im Mund. »Die Mannigfaltigkeit. Gottes Spuren darin entdecken. Verstehen, was Leben auf dieser Erde heißt. Das Uralte, das den Menschen treibt. Enzyklopädie, Recherchematerial. Kann ich alles mal brauchen«, sagt er.

Auf der Hausecke mit dem Zeitschriftenladen liegt späte Sonne. Ihr Fahrrad steht davor. Hier wohnen wir, denkt er beim Aufschließen der Haustür.

Sie hat ihre Diplomarbeit fertig geschrieben. Nun kann sie sie einreichen und sich zu den Prüfungen anmelden. Er liest sie durch auf Rechtschreibung, Formulierungen und Stringenz der Gedankengänge hin. Das Thema interessiert ihn: Konzeption einer christlichen Jugendarbeit am Beispiel eines Nürnberger Jugendcafés. Das hast du geschafft, sagt er anerkennend. Jetzt kommt der letzte Schritt, sagt sie. Sie ist zuversichtlich, die Prüfungen zu bestehen. Dann will sie sich nach einer Stelle umschauen, möglichst in Nürnberg. Bis dahin arbeitet sie weiter am Flughafen.

Der Hinterhof dunkel und eisig. Die drei kleinen Räume sind beleuchtet, eine Küche, eine Garderobe, das Vortragszimmer mit Sesseln an den Wänden und einer holzverkleideten Theke. Das kennt er mittlerweile von christlichen Gemeinschaften. Auch die selbst verlegten Teppichböden, die neu gestrichenen Türen, das geschenkte Mobiliar. Vor dem Vortrag stellt er ein Glas Wasser bereit, legt sein Skript auf den Notenständer, wartet die Einführung ab. Warum im Dunkeln suchen, wo man nichts findet? Aber gefunden muss werden. Er erzählt aus seinem Leben und zeigt die Utensilien vor zur Veranschaulichung: eine Büchse Frühstücksfleisch, eine Sternkarte, die Machete, das Meditationskissen, den Motorradhelm. Erzählt Geschichten und als Geschichte sein Leben: Wie er zu Gott kam. Er belegt Bibelstellen mit projizierten Folien. Dabei blickt er den Zuhörern ins Gesicht, reihum. Danach gehen sie in der Kälte zum Auto zurück, fahren auf die Autobahn, setzen die beiden Mädchen bei der Straßenbahnhaltestelle ab. Er freut sich nicht. Er hat seine Aufgabe erfüllt. Unentgeltlich. Vielleicht hat er sich mehr erhofft. Der Ulysses-

Vortrag in der Volkshochschule wird etwas ganz anderes sein.

Sie bringt vom Flughafen einen Ausdruck mit, den eine Kollegin gemacht hat, Ausschnitte aus Funkgesprächen zwischen Pilot und Tower. Sie lacht sich kaputt, und auch er findet das witzig.

»Wenn man bedenkt, dass wir immer ermahnt werden, Funkdisziplin zu halten«, sagt sie.

»Sind Piloten wirklich so?«

»Die halten sich für Götter«, meint sie.

Sie lesen einander die besten Beispiele vor:

PILOT: Haben nur noch wenig Treibstoff. Erbitten dringend Anweisung.

TOWER: Wie ist ihre Position? Haben Sie nicht auf dem Schirm.

PILOT: Wir stehen auf Bahn 2 und warten seit einer Ewigkeit auf den Tankwagen.

TOWER: Höhe und Position?

PILOT: Ich bin einsachtzig und sitze vorne links.

PILOT: Da brennt eine Landeleuchte.

TOWER: Ich hoffe, da brennen mehrere.

PILOT:	Ich meine, sie qualmt.
TOWER:	Um Lärm zu vermeiden, schwenken Sie bitte 45 Grad nach rechts.
PILOT:	Was können wir in siebentausend Meter Fuß Höhe schon für Lärm machen?
TOWER:	Den Lärm, wenn Sie mit der 727 vor Ihnen zusammenstoßen!
PILOT:	Call me a fuel track!
TOWER:	Okay, you are a fuel track.

Die Augen brennen vor Müdigkeit, der Kopf leer und sprachlos. Nachmittags legt er sich ins Bett, während eine Freundin seiner Frau zu Besuch ist. Er will seine Ruhe. Die beiden gehen spazieren, er steht auf und setzt sich an den Schreibtisch. Er versucht, den Drucker neu zu installieren. Er wird ihn brauchen, wenn er das Romanmanuskript ausdrucken wird. Nebenher wird es dunkel draußen.

Die beiden kommen zurück und backen in der Küche eine Pizza zum Abendessen. Er ist erschöpft und rastlos. Der Roman, denkt er. Was wird kommen? So viel wird sich verändern. So viel hat sich schon verändert. Er wäre gern traurig und ist bloß zerblasen wie eine Pusteblume.

Er hat vor, eine eigene Website ins Netz zu stellen. *Projekt Brückenschlag*, will er sie nennen. Forum, Fundgrube und Feuilleton zugleich. Literatur, Kunst, Philosophie. Überall die Verbindung zur Transzendenz aufzeigen, zu den Letzten Fragen, zur persönlichen Weltanschauung, die jeder ausgesprochen oder unausgesprochen hat. Es gibt keine Neutralität. Er will Inhalte aus seinem Studium miteinbringen genauso wie literarische Vorbilder und Alltagsbeobachtungen. Er hat sich ein Web-Software besorgt, einfach zu handhaben, damit will er bald anfangen.

Dann nehmen die beiden die Gitarre zur Hand und singen Lieder. Lobpreislieder.

»Gott will bei uns sein«, sagt die Freundin, »gerade wenn wir, so wie jetzt, abends in der warmen Wohnung sitzen und ihm danken.«

Er hört zu, liegt auf dem Teppich, den Kopf in den Schoß seiner Frau gelegt. Schließt die Augen. Singt manchmal mit, weil er Gott sagen will, wie froh er um ihn ist. Diese Art von Gemeinschaft tut ihm gut. Die Anwesenheit anderer schafft Ruhe. Sie machen etwas, er braucht nichts zu tun, nur dazuzugehören. Er braucht sich nicht zu erklären, nichts einzuschätzen und zu prüfen, nichts beizusteuern. Menschen, die seine Freunde sind, nur weil sie an denselben Gott glauben.

Seine Frau über ihm schaut ihn manchmal an, liebevoll, er beobachtet ihre Finger auf den Saiten, hört ihre Stimme, in die die Stimme der Freundin einfällt, glockenklarer Gesang, alte Lieder aus ihrer Jugendzeit.

Hier haben wir uns versammelt, denkt er, mit nichts als einer Gitarre und unseren Stimmen, unserer Anbetung. Und Gott thront hoch über dieser Wohnung, diesem Haus, dieser Stadt, thront über dem Nachthimmel im Licht der Höhe, und wir sind winzig darin und behütet.

Er installiert das Computerspiel, das er von seinem Bruder zu Weihnachten geschenkt bekommen hat. Er spielt es mit Lösungsanleitung, er hat beim Rätsellösen keine Geduld und auch keinen Ehrgeiz. Er will in die Welt eintauchen, das ist das Wichtigste. Und die Bilder der fantastischen Welt gehen ihm nicht aus dem Kopf. Die gläserne Lagune zwischen steilen Kalkwänden; die Leitern, Balkone, Terrassen aus Pfählen und Hanf; die bienenkorbähnlichen Hütten; der geheimnisvolle Wald, den man auf Stegen über dem stillen Wasser durchforscht, umflogen von Vögeln; das Brummen des Skarabäus, wenn man ihn vom sonnenwarmen Holz des Torpfostens aufstört; das Quietschen, wenn die schmiedeeiserne Gondel der Seilbahn ankommt, gerufen aus dem Nichts; die unvermuteten Tunnel, Zinnen und Buchten, die man auf der versonnenen Reise durch diese Welt vorfindet. Gerne würde er dort Nachmittage lang umher gehen, das Rätselalphabet aus Zeichen, Lauten und Tieren entziffern, irgendwann den Ghen fangen oder gar die Geliebte befreien, hauptsächlich aber die Geschichten entdecken und ergreifen, die, längst niedergeschrieben, die Bilder in ihm aufschrecken wie einen Schwarm Schmetterlinge. Nachts sitzt er, den Kopf in den Händen, auf dem Sofa. Etwas treibt ihn um, er weiß nicht was. Er möchte heulen und kann nicht. Etwas bewegt sich tief in ihm, so tief, dass er nicht heran kommt. Abends liegt er erschöpft und verdrossen auf dem Sofa und will nicht der große Gestalter seiner Zukunft sein. Nicht übermorgen im Zug nach Frankfurt, nicht mit Angeboten und Kursangeboten in der Tasche. Er möchte sich stattdessen treiben lassen, sacht, auf smaragdgrünem Wasser wie in dem Computerspiel. Im Bett, zwischen kalter Wand und dem warmen Leib seiner Frau, kann er nicht schlafen. Wieder eine dieser Nächte. Er versteht nicht, warum.

An der Fußgängerampel bemerkt er gelangweilt, dass im Schaufenster des Erotikshops die gleiche Reizwäsche hängt wie seit Wochen. Er kann unbesorgt hinschauen. Es macht ihn nicht im Geringsten an.

Auf dem Weg zur U-bahn sieht er jedesmal das Graffiti auf einem Stromkasten. *Wes Drei-em-Weckla ich ess, des Lied ich sing.* Altmodischer Genitiv, *wes Brot ich ess.* Die fränkische Spielart des Opportunismus, noch dazu mit Lokalkolorit. Er weiß nicht, was er von den Franken zu halten hat. Die Mundart gefällt ihm, aber sie haben etwas Grobes, Unverblümtes. Wie die Bayern. Das Brötchen mit den drei gegrillten Nürnbergern hat er schon probiert, aber eine Currywurst ist ihm lieber. In den umliegenden Gasthäusern stehen die Bratwürstchen auf der Speisekarte, sechs, neun oder zwölf Stück mit Sauerkraut. Manchmal essen sie dort zu Mittag, im *Weißen Löwen*, Mittagstisch. Es gibt fränkische Gerichte für nur neun Mark neunzig. Das lohnt sich. Einmal hat er Schäufele gegessen mit Kartoffelkloß und Lebkuchensoße. Seine Frau liebt das.

Er nimmt sich nun den Roman zur Überarbeitung vor. Er muss alles am Stück lesen, im Zusammenhang, um die Stimmigkeit zu beurteilen. Dann wird er das Manuskript ausdrucken, kopieren und abschicken. Er hat die Adressen von zwölf Verlagen. Der Volkshochschulvortrag ist fertig. Nächste Woche hält er ihn. Er hat die Idee, vom Eingang des Gebäudes bis zum Vortragsraum einen roten Wollfaden zu legen, als Hinführung für die Zuhörer und als Symbol für die Orientierung im Labyrinth des Joyce'schen Werks. Duxa findet das gut. Sie hat ihm einmal die Hand aufs Knie gelegt, da trug sie nicht ihr rotes Lederkostüm, er hat es durchgehen lassen.

Als sie nach Hause kommen, weht ein launiger milder Wind durch die Straßen. Er könnte Feuchte vom Meer tragen oder die Wärme eines tropischen Tages oder den Aufbruch der vielen unerfüllten Jahre, die er nun auf dieser Welt ist. Nach Hause kommen in einer großen Stadt, denkt er, zwischen den Lichtern, das Auto parken, das Klirren des Schlüsselbundes, die Wärme der Wohnung. Lichtschalter, Garderobe, Schnürsenkel. Das ist schön, denkt er.. Wenigstens etwas, das in Erfüllung gegangen ist.

Wenn einer seine Träume nicht wiederfindet, schreibt er ins Tagebuch, finden sie ihn.

Nachmittags legt er sich hin und döst ein. Im Halbschlaf sind sie noch alle da: die Bilder und Träume, die Geschichten und Bücher, Fantasiewelten und Weltallrätsel von früher, die Drachenreiter, Raben auf Fenstersimsen, Promenaden auf Waldwegen. Als er wach ist, schläft er noch immer. Er *will* schlafen. Dösen, alles nur halb wahr und halb geträumt nehmen. Die Zeit vergessen. In der Mittagshitze den Burgberg ersteigen und von luftiger Warte aus ins Land lugen. Ausspähen, erfassen, was da ist. Er will nicht wach sein.

Schön, dass die Wohnung nicht leer ist, denkt er. Schön, dass er nicht die Stille hört, das Knacken der Dielen, das Schüttern des Kühlschranks, das Ticken der Uhr. Dass er lauschen kann auf die Geräusche, die sie macht: ihre Schritte, ihre Verrichtungen in der Küche, im Bad, im Schlafzimmer, ihr Rufen nach ihm.

Er hat das Schild, das zur Hausordnung mahnt und alle vier Wochen an der Tür hängt, gegen die Wand geschmissen. Vor Wut. Er hat sich gedrängt gefühlt, überfordert, die Welt ist als Feind eingedrungen in seinen Tag. Der billige Plastikrahmen ist kaputt. Jetzt muss er den auch noch ersetzen. »Wir können die Hausordnung doch zusammen machen«, sagt seine Frau.

Abends am Küchentisch. Wachstuch, Suppenterrine, Brotkrümel. Über die feinen Nudelnestchen reibt er Muskatnuss, es duftet aus dem Topf. Sie löffeln. Auf dem Sofa rücken sie dann unter der Decke eng aneinander und schauen zu, wie Forscher im kroatischen Drachenloch eine Plattform für Taucherfahrten errichten. Blasen steigen aus der Karsttiefe, die senkrechten Wände von Kalksand bedeckt. Sie benötigen zwei verschiedene Gasgemische, denn so tief ist nur eine Handvoll Menschen je getaucht. Für jede Minute, die sie beim Abstieg brauchen, verlängert sich die Dekompressionszeit um eine Stunde. Sie finden den Zustrom in hundertfünfzig Meter Tiefe: Die Wände weichen wie abgeschnitten, gähnender Abgrund ringsum, nur ein leichter, kalter Strom aus dem Dunkel. Als die Sendung zu Ende ist, ist sie neben ihm eingeschlafen.

Morgen hat er Geburtstag. Bald ist es Mitternacht. Nackt legen sie sich auf den Teppich, er spürt den besonderen Tag nahen, seinen Tag. Die Minuten zählen können wie beim Jahreswechsel. Noch dürfen sie den Geburtstagstisch nicht herrichten, noch darf er das Geschenk nicht auspacken, noch ist er im alten Jahr, noch ist es ein gewöhnlicher Montagabend. Dann ist sein siebenunddreißigstes Lebensjahr in dieser Welt zu Ende, und seine Frau gratuliert ihm. Sonst ist er immer der Erste, der sich gratuliert, nachts, wenn er wachliegt. Einen Tag lang hat er Zeit, um den Grund für das neue Lebensjahr zu finden.

Als sie dann im Bett liegen, fühlt er sich wie ein Kind. Wie gerade geboren. Er ist empor gehoben wie an eine Wasseroberfläche, nahe zum Licht, in Sichtweite des Ufers. Er schwimmt in den Sonnenreflexen, braucht noch Zeit, die Erinnerung an die Tiefe und Finsternis abklingen zu lassen, aus der er kommt, das Gift aus seinem Blut zu atmen, aufgehoben im leichten, linden Blaugrün, aufgehoben über alle Brüche und Klüfte, lichtlosen Gänge und erdfernen Kammern hinweg in eine gläserne Durchsichtigkeit.

Kurz nach zwei Uhr sitzt er in der Küche beim Licht der Deckenlampe, isst ein Stück seines Geburtstagskuchens, trinkt ein Glas Milch.

Er spricht mit Gott. Gott hat ihn gewollt, damals vor siebenunddreißig Jahren, er hat ihn geschaffen, er will ihn immer noch. Er will, dass er lebt. Durch die Straßen der Großstadt geht, abends mit seiner Frau in einem Restaurant isst, vor der Mensa Flugblätter verteilt, literarische Vorträge hält, im Drogeriemarkt CDs verkauft, Romane schreibt und Menschen zuhört, die in dieser labyrinthischen Welt verloren gegangen sind. Das alles will Gott.

Es ist gut, denkt er. Es ist gut, dass ich lebe.

In den Geschäften ist es geheizt. Es regnet, er trägt seine Regenjacke mit der Kapuze. Jedesmal wenn er eintritt, öffnet er den Reißverschluss und muss die Kapuze abziehen, was schwierig ist, weil er sie enggezurrt hat. Er betritt den Drogeriemarkt und genießt es, an seinem freien Tag dort zu bummeln.

Aus dem Regal der Parfümerie nimmt er einen Flakon und sprüht sich die Handgelenke ein. Er kennt den Duft aus der Zeit, als er seine Frau kennen gelernt hat. Er bedeutet: allein unterwegs sein. Er bedeutet zaghaften Ausblick, Aufbruch, wilde Entschlossenheit zu einer Zukunft.

In seiner Abteilung im Obergeschoss sind auf den CD-Hüllen Regenwälder, Delphine,

Hochgebirge, Meeresbrandung und tropische Vögel abgebildet. Er nimmt den Stapel zur Theke und will ihn durchhören. Der Kollege legt sie ihm nacheinander ein, er streift den Kopfhörer über, stützt das Kinn auf eine Hand und schließt die Augen. Er hört Teemusik, geht im Geist Bergpfade entlang und denkt sich die Farbe Moosgrün dazu, steht in den wehenden Schnüren des Windbaums, träumt den Schmetterlingstraum, die tiefere Weisheit der Raupe, wandelt im Park unter Mondmagnolien und schaut der Tusche zu, wie das Reispapier sie von seinem Pinsel saugt. Ein Herbstabend in Japan: die schrille Klage der Grillen.

Als er einmal die Augen öffnet, lehnt gegenüber eine dicke Japanerin in einer Lackjacke, die sich um ihren fülligen Leib spannt. Sie lauscht aufmerksam, die Brille auf der Nasenspitze, die Haare zu einem Knoten zurückgebunden, das Gesicht bleich mit rotgeschminkten Lippen wie eine Nô-Maske. Er muss lächeln. Das wird ein japanischer Tag, sagt er sich.

Die Teestube im *Cha-Dô* ist dunkel. Auf den Tischen brennen Kerzen, Geruch nach Räucherwerk und Zigarettenrauch. Rattanregale mit Tee, Schirmpflanzen in den Ecken, japanische

Farbholzschnitte an den Wänden. Im Hintergrund spielt chinesische Musik, Buddha meditiert unter Feigenbaum um Erleuchtung, der Kellner hat orientalischen Einschlag und fragt ihn nach seinen Wünschen. Er zwängt sich auf einen der Rohrstühle in die Ecke zwischen Wand und Aquarium, hängt seine Jacke über die Lehne und packt die Bücher aus, die er gekauft hat. *Charlie Brown und die Bibel*, er muss oft grinsen. Christlicher Humor, denkt er. Weil wir errettet sind ganz umsonst, ganz ohne Mühe und Leistung. Weil wir an einen liebevollen Gott glauben. Deshalb sitzen wir an grauen Regentagen nicht in kalten Hallen auf Matten und atmen ein, atmen aus, sondern schlürfen behaglich grünen Tee mit gerösteten Reiskörnern und freuen uns, dass wir gewollt sind.

Das zweite Buch, das er sich gekauft hat, trägt den Titel *Fräulein Smillas Gespür für Schnee*. Er hat den Film gesehen und will das Buch dazu lesen. Solche Geschichten brauche es, lautet die Rezension, um mit der Verlorenheit der Welt fertig zu werden. Wenn man ihm länger zuhöre, spreche er liebevoll, mit sanfter Begeisterung und tief, heftig, bezaubernd. Er spreche von der Abgründigkeit des Daseins und deshalb tatsächlich von der Liebe, von Erlösung. Das ist genau das, denkt er, was ich auch will.

Aber er darf sich nicht vergleichen. Er muss sein eigenes Ding machen. Aber was ist sein eigenes Ding?

Das dritte Buch ist das *Irische Tagebuch* von Böll. Dort findet er den irischen Spruch wieder, den er einmal gehört hat: Als Gott die Zeit schuf, machte er genug davon.

Trotz der Musik herrscht Versunkenheit. Draußen hinter den Scheiben gehen Passanten im kalten Abend, drinnen wippen Wedel lautlos in der Wärme. Ein Mädchen notiert sich etwas auf einem Schreibblock. Ein anderes in der Ecke liest ein Buch. Ein Paar sitzt untätig vor seinen Teekännchen, sie hat die Arme untergeschlagen und schaut vor sich hin, lächelnd. Später kommt die Chefin in Jeans mit Pferdeschwanz, und erkundigt sich, ob alles recht sei. Im Untergeschoss, wo die Toiletten sind, liegen auf einem Tisch Flugblätter aus. Tai-Chi-Kurse, Reiki-Seminare, Astrale Energie, Innere Mitte undsoweiter. Es ist still hier unten. Eine Katakombe. Ein Rückzugsort, um sich im Lotos niederzulassen und aufhören zu reden, anfangen zu lauschen. Hier würden seine Flugblätter auch hinpassen. Zum Kontrast, aber mit philanthropischem Anliegen. Er nimmt sich vor, die Chefin zu fragen.

Er handhabt das Porzellan achtsam, kostet den Tee andächtig, ist auf den Augenblick gesammelt, den stundenlangen Augenblick der Anbetung. Dazu bin ich hierher gekommen, sagt er sich.

Am Schluss ist die Chefin gerne bereit, das Auslegen seiner Flugblätter zu erlauben. Es geht um Toleranz, aber bei Rassismus und Sektiererei höre bei ihr die Toleranz auf. Draußen zieht er die Kapuze über, spannt den Schirm auf und lenkt seine Schritte zum hell erleuchteten Kaufhaus.

Vor dem Haus sind die Parkplätze knapp. Manchmal müssen sie zwei, drei Straßen weiter parken. Jeden Morgen die Frage: Wo haben wir gestern Abend geparkt? Er beobachtet einen Mann in einem Kombi, der sich so hinstellt, dass er gleich zwei der gekennzeichneten Parkplätze belegt. Das findet er unverschämt. Ihr eigenes Auto ist zwar geparkt, aber es geht ihm ums Prinzip. Er geht hin und klopft gegen die Scheibe. Der Mann schaut ihn missmutig an, kurbelt aber die Scheibe herunter. Er bittet ihn, mit seinem Wagen einfach ein Stück zurück zu fahren, um den zweiten Parkplatz freizugeben. Der Mann meint brummig, ob er hier parken wolle. Er erklärt ihm, dass es ums Prinzip gehe und um die Anderen, die einen Parkplatz suchen, und der Mann kurbelt einfach die

Scheibe wieder hoch. Er beschimpft ihn und kann nicht begreifen, wie man so gleichgültig und selbstsüchtig sein kann. Nur ein Stück zurücksetzen, das ist doch nicht zu viel verlangt! Der Mann stiert vor sich hin und tut, als wäre er nicht da. Typisch fränkischer Sturkopf, denkt er und winkt im Gehen ab. Leck mich doch am Arsch! Nein, mit den Nürnbergern wird er nicht warm.

Irland. Die grüne Insel. Zwei Mal waren sie schon dort, als Leiter bei Freizeiten. Er liebt irische Musik und Guinness. Gemeinsam entdecken sie einen irischen Laden in der Südstadt. Voller Vorfreude gehen sie hinein. Der Inhaber ist ein Kerl mittleren Alters mit roten Haaren. Ein Irlandliebhaber. Sie fachsimpeln über irischen Whiskey, der *Jameson* schmecke nach Leinöl, der *Tullamore Dew* sei besser, aber natürlich kein Vergleich zu den Single Malts. Hat er alle im Regal. Es gibt sie auch *en miniature*, kleine Glasfläschchen mit dem originalen Etikett. Er nimmt ein paar, um zu kosten. Auch die leckeren Haferkekse mit Schokolade, die *Hobnobs* in den blauen Rollen, gibt es hier. Wo sollte er die sonst herkriegen? Tees werden reichhaltig angeboten, hier wird er in Zukunft die Pyramidenbeutel von *Lyons Gold* bekommen, und seine Frau begeistert sich für die Tüten Kartoffelchips mit Essig, die sie so mag. Zum Schluss entdeckt er kleine Papphäuschen mit einem Schieferstein als Unterlage und kleinen Torfsoden, die beim Verbrennen den Duft nach Torffeuer verbreiten. Zuhause stellt er den Schiefer auf den Gasofen und probiert es aus. Der Torf brennt leicht an, verglüht aber rasch und geht wieder aus. Sie versuchen es mehrmals, bis er richtig weiterglüht und ein steter Rauchfaden in die Luft kräuselt. Er schnüffelt. Seufzt. Ja, das ist er, sagt er, der Duft Irlands. Er macht sich einen *Lyons Gold* in der Blechkanne, die er aus Irland mitgebracht hat, legt drei Kekse in einem Schälchen bereit und zieht sich aufs Sofa zurück. Ja, es stimmt: Als Gott die Zeit schuf, machte er genug davon.

Nachts befällt ihn das Schicksalsgefühl einer Krise. Jetzt geschieht es, denkt er, jetzt ist der Augenblick da, vor dem ich mich immer gefürchtet habe! Jetzt bricht mein Leben auseinander. Er gerät in Panik, vielleicht sollte er seine Frau wecken, vielleicht schaffen sie es doch nicht zu zweit, vielleicht sollten sie professionelle Hilfe in Anspruch nehmen. Mitten in der Nacht durch die dunklen Straßen irren,

Notfallklinik, Nachtarzt, Beruhigungstablette. Ausnahmezustand, herausgefallen aus der sicheren Alltagswelt. Wegscheide, Schicksalsaugenblick. Das will er denn doch nicht. Ausbrechen ja, aber nicht so. Im Rahmen bleiben. Irgendwie das Scherflein retten, das bisschen Vertrautes und Sicheres in der ganzen Verzweiflung. Er setzt sich an den Rechner, kann aber nicht schreiben. Er macht sich einen Tee, mitten in der Nacht, sitzt im Wohnzimmer auf dem Sofa und schaltet den Fernseher ein. Entzündet ein Räucherstäbchen, Sandelholz, wie früher. Sich kleinmachen, an kleine, nahe Dinge denken. Das Klirren der Porzellantasse. Der Silberlöffel. Das Aschewürmchen des Räucherstäbchens. Der herab gelassene Rollladen. Seine Frau nebenan im Bett. Es geht vorbei ...

Abends wollen sie essen gehen. In irgendeine Pizzeria. In der Südstadt wird sich schon eine finden. Im Licht der Straßenlaternen fällt der Regen in Schnüren. Die Straßen und Gassen mit ihren Eckkneipen, Imbissbuden, mit den Straßenbahnen und den hohen Häusern aus der Gründerzeit erinnern ihn an Anderschs *Kirschen der Freiheit* – die kommunistischen Arbeiterviertel in München in den Dreißiger Jahren. Hunger. Auf die Pizza, aber auch nach diesen Kirschen, nach dem einen Augenblick der Freiheit zwischen Gefangenschaft und Gefangenschaft, heißt es bei Andersch. Sie finden eine einzige Pizzeria, die geöffnet hat. Natürlich ist sie überfüllt, kein Platz frei. Sie müssen zusehen, halbwegs trocken und gutgelaunt nach Hause zu kommen. Der Rückweg zieht sich, wird hektisch wegen des Regens. Sie haben Hunger. Großstadt, denkt er.

Sie sitzen im engen, hellen Trambahnwagen, die Scheiben beschlagen von feuchte Menschen, die sich herein gerettet haben. Einmal steigen drei junge Mädchen ein, alle drei in Regenmänteln, die Eine perlmutt, die Zweite schwarz mit zugeschnürter Kapuze, die Dritte blau und metallisch. Er sieht ihnen aus dem Augenwinkel zu: ihr Ausgeh-Abend, das bevorstehende Treffen, das zur Schau getragene Bewusstsein der eigenen Anziehungskraft. Frivol, denkt er. Das berührt ihn, weckt Begehrlichkeiten. Er fragt sich, was er ihn dabei eigentlich so anzieht. Er will eigentlich nicht mit einer von ihnen schlafen. Sie reizen ihn nur. Er will treu sein, *wer eine Frau ansieht, ihrer zu begehren*, er will nicht nach anderen Frauen schauen, tut es aber. Wie die Drei so gehen, so frivol und selbstbewusst in ihren Mänteln, einladend zu werweißwelchen Geschichten. Vielleicht ist es überhaupt mehr eine Gier nach Geschichten, Liebesgeschichten, Rendezvous', Stelldicheins. Fremde Geschichten von fremden Frauen, fremde Welten. Ich muss es ihr irgendwann beichten, denkt er. Ich will das nicht allein mit mir herum tragen.

Die Duxa ruft an. Sein Kurs für das kommende Semester komme zustande. Es hätten sich genügend Teilnehmer angemeldet. *Leben als Geschichte*, Creative Writing. Er wird damit beginnen, die Teilnehmer eine Liste von Orten anfertigen zu lassen, die in ihrem Leben eine Bedeutung hatten. Er ist zufrieden. Nun ist er Volkshochschul-Dozent.

Auf der Bank ist die Überweisung seines Lohnes für die Arbeit im Drogeriemarkt eingegangen. Davon will er sich einen Mantel kaufen. Einen langen, aus Wolle. Einen soliden, zuverlässigen Herrenmantel, damit er was hermacht an der Volkshochschule. Damit er sich seriös fühlen kann. Im Kaufhaus ist es warm. Er macht den Reißverschluss seiner Daunenjacke auf. Über die Rolltreppen mit dem stickigen Abluftgeruch gelangt er in den ersten Stock.

Die Wollmäntel hängen gleich neben den Socken. Kleine Schilder auf den Stangen weisen die Konfektionsgröße aus. Die Bügelhaken klicken beim Suchen. Hier hat er ihn zurückgehängt, um ihn später zu holen. Zwischen Mäntel der falschen Größe, damit niemand ihn findet. Er wird blau sein mit dem karierten Innenfutter. Aus dem Ärmel wird das Etikett hängen mit dem günstigen Preis. Beim Hineinschlüpfen wird sich das Futter glatt anfühlen, und der Stoff wird sich schwer auf seine Schultern legen. Er wird hoch zu schließen sein mit messingnen Knöpfen. Er wird keinen Gürtel haben, aber Seitentaschen mit schrägem Einschub. Er wird schlicht und eng fallen, er wird die Hände einstecken und mit den Schultern auf Sitz prüfen, bis er weiß, dass er ihn anhat. Beim Gehen wird er den Saum spüren als den Spielraum, den er gewährt. Im Spiegel wird er als elegante Gestalt erscheinen mit vertrautem Kopf, als ein Mann, der noch nicht weiß, wer er ist. Er wird ihn über dem Arm tragen, seine Jacke und seine Tasche nehmen, er wird an der Kasse achtzig Mark bezahlen. Dann ist er an dem Schild mit der nächsten Größe angelangt. Alle Bügel sind zurückgeschoben, er hängt nicht mehr da. Er ist enttäuscht. Das gibt es nicht! Dann denkt er: Ach, was soll's? Dann eben nicht, und verlässt das Kaufhaus unverrichteter Dinge. Zuhause ist er ganz froh. Die Anschaffung wäre doch zu groß gewesen für ihr gemeinsames Budget.

In einem Supermarkt an der Kasse fällt ihm eine Schütte auf, in der Videokassetten liegen. Videokassetten mit leichtbekleideten Frauen in eindeutigen Positionen. Keine harten Pornos, aber Softpornos. Das ärgert ihn. Kann man denn nirgends hingehen, ohne überall Mädels in Reizwäsche anglotzen zu müssen? Er holt sich den Verkäufer und spricht ihn darauf an. Die Kassetten liegen genau auf Nasenhöhe von Kindern, die mit ihren Müttern hier anstehen. Der Verkäufer meint, die Polizei sei auch schon hier gewesen und habe es sich angeschaut. Es seien keine Pornos. Das müsste ihnen eigentlich zu denken geben, sagt er, wenn die Polizei schon hier war. Es wäre doch ein Leichtes, die Kassetten dort drüben in dem Regal unterzubringen, wenn Sie sie schon verkaufen müssen. Da mischen sich die Leute aus der Warteschlange an. Was der sich so aufregt. Sind doch harmlos, die paar Kassetten. Man sollte vielmehr etwas gegen das Fernsehen tun. Er ist baff. Gegenwind von den Betroffenen hat er nicht erwartet. Manche der Frauen haben Kinder an der Hand. Sie mokieren sich über seine

Erregung und schütteln verständnislos den Kopf. Er sieht, dass er allein auf weiter Flur steht, und sagt beleidigt: Bitte sehr, was geht's mich an? Es sind ja Ihre Kinder! Draußen merkt er, dass ihn das getroffen hat. Diese Ablehnung, diese Borniertheit. Nein, von diesen Nürnbergern hier wird er kein Verständnis, keine Unterstützung bekommen. Wütend und traurig geht er nach Hause.

Seine Frau wartet schon. Meine Uhr geht falsch, sagt er. Der Lippenstift in der Parfümerie steht ihr gut, sie sieht mit dem bleichen Gesicht und den Augenkonturen aus wie eine Geisha. Eine neue Seite an ihr, denkt er. Das macht sie fremd. Eine Fremdheit, die sie attraktiv macht. Sie zögert, weil alles so glatt geht. Die Verkäuferin malt sich den Stift zur Probe auf ihre Hand, fett und glänzend. Zusammen mit dem Kajal und Lidschatten bezahlen sie dreizehn Mark.

Das Gefühl, als käme er nach ununterbrochenem Auftritt seit Langem wieder in seine Garderobe, schminkte sich ab, zöge die Kleider aus und entdeckte den Ausschlag auf seinem ganzen Körper.

Ihr Vortrag war wirklich sehr erfrischend eine gelungene Introduktion ich habe wieder etwas Neues gelernt und das obwohl ich zwei Bücher auf dem Nachttisch liegen habe die Bibel und den *Ulysses* könnten Sie mir Ihr Manuskript überlassen wer ist das denn dieser kleine dicke Kerl in Anzug und Krawatte wo ist die Duxa Schwätzer ich hab nur meine Pflicht getan. Die Duxa kommt hinzu, Sie sind ein Engel der Rote Faden war eine gute Idee das ist Herr Soundso Druckereibesitzer und Verleger Dublin ist sowieso meine dritte Heimat tönt der mit dem sollte ich mich gutstellen denkt er seine Augäpfel sind glasig die Pupillen klein sein Blick wie entrückt verschleiert und listig wir sind großzügig aber wir müssen auch gerecht sein und kramt einen Zettel aus der Tasche mit Persönlichem drauf und erzählt werweißwas von seinem Büro und seinen Büchern den Dichter sowieso nur im Original lesen sagt die Duxa unübersetzbar es ist ihr gemeinsamer Dichter er ist hier fehl am Platze. Von hinten zupft ihn jemand am Ärmel. Es ist seine Frau, lass uns gehen, sagt sie, ich bin müde, sie gehen zu zweit, sie gehen wortlos, noch einmal vielen Dank sagt jemand und schüttelt ihm vielen Dank die Hand erlächelnd sielächelnd traurigauchlächelnd machen Sie weiter so nickt nur

füreineGuineelächelnd. Er ist froh, als er draußen ist. Gut verdientes Geld.

Meeresbrandung. Auf CD. Sie will sich wie am
dänischen Strand fühlen. Auf der Hochzeits-
reise damals. Aneinander gedrückt liegen sie
auf dem Sofa, haben es warm. lassen sich treiben. Das ist es, denkt er, wonach ich mich eigentlich sehne. Angst hat er keine. Die anste-
henden Aufgaben verdrängt er. Er ist nicht der
entschlossene, sichere Gestalter seiner Zukunft. Er ist verzagt, schwach, angreifbar. Es ist
eine unsichere Existenz, die er führt. Eine klan-
destine, wie Andersch sagt, er musste das Wort
nachschlagen. Heimlich, verborgen. *Achwiegut-
dassniemandweiß.* Wer er wirklich ist, steht in
seinem Roman. Dort erzählt er von dem, was
er wahrnimmt, wie er das Leben und die Welt
sieht. Er wünscht sich, dass ihn jemand liest. Er
wünscht sich, dass ihn darin jemand erkennt.

Ein Gang am Nachmittag zwischen Bambus,
ein Goldfischteich, eine Bank zum Ausruhen.
Das Plätschern des Baches und die Schildkröte,
die sich sonnt. Ein stilles Gedicht in einem
Buch oder ein heller Gedanke beim Betrachten
des Glanzes auf den Wellen. Augenblicke,

flüchtig. Er würde manchmal gerne die Zeit anhalten, sie verlangsamen, um die inneren Augen an den Blick durch den Schleier zu gewöhnen. Trotzdem ist er beruhigt. Er ist nicht der Herr über seine Zeit.

Er liegt auf dem Sofa und liest die vergilbten Seiten eines Sciencefictionromans aus seiner Jugendzeit. Von einem fernen Sternenhaufen liest er und einer Wasserwelt mit tausenden Inseln, wo die Menschen wenig arbeiten und mit ihren Booten im Archipel kreuzen. Die Dünung plätschert sanft gegen die Molen, man sitzt hinter Blütenvorhängen auf der Veranda und blickt über die Bucht, blickt nachts zum farbigen Sternhimmel hinauf und zählt die Welten, mit Fingern einander die Abenteuer weisend,. Man lässt dem Leben aus ungezählten lauen Abenden seinen Lauf und hat die Unzählbarkeit der Welten vor Augen. Fluchtliteratur damals, kein Wunder.

Sakura-Kirsch. Vom Kirschblütenfest schreibt auch der Missionar aus dem Land der aufgehenden Sonne. Die Teemusik zaubert smaragdene Risse in den Marmor der Wirklichkeit, achatene Adern wie um den Block aufzutrennen und in schmelzendes Glas zu verwandeln, ein Vorhang aus Traumgespinst, hinter dem die Wahrheit unentblößt und lieblich schimmert.

Letzte Hand: Carls Heilung des Traumnervs. Gang zum Copyshop. Zwölf Kopien von jeder Seite, der Apparat sortiert automatisch. Große braune Briefumschläge. Er hat die Adressen von zwölf Verlagen ausfindig gemacht. Auf die Zusendung bloß eines Auszugs plus Exposee lässt er sich nicht ein. *Wir bitten um Verständnis, dass wir unverlangt eingesandte Manuskripte nicht zurückschicken können.* Unverlangt, ja, leider. Wird Zeit, dass man das online machen kann. Er verbringt einen kalten Morgen in dem geheizten Raum, die Luft trocken und reizend von den Ausdünstungen der Kopierer, sammelt ein, stößt die Stapel auf, legt das Anschreiben dazu, tütet ein, schreibt die Adressen darauf, seine Frau hilft ihm. Manchmal setzen sich der fotomechanischen Vervielfältigung Widerstände entgegen, der herbei gerufene Verkäufer hilft. Er muss an den Snoopy-Cartoon denken, als die Karriere des berühmten Schriftstellers fast an einem zu hochgelegenen Briefkastenschlitz gescheitert wäre.

Denkwürdiger Augenblick, ja. Schicksalsmoment im Leben des angehenden Schriftstellers, später historisch in den Biografien. Er ist ein Bittsteller, weiß er. Literarische Qualität gibt nicht den Ausschlag, die hat er. Ob der Titel ins Programm passt. Ob er Leserzahlen verspricht. Ob der Lektor gute Laune hat. *Die Vielzahl der Manuskripte, die täglich bei uns eingehen.* Ach, Scheiße, er ist nicht zuversichtlich. Bedrückt geht er mit dem Packen Umschläge zur Post und gibt sie am Schalter auf. Manuskriptsendung. Gewogen. Vierfünfzig, das geht ins Geld. Was soll's?, sagt er draußen zu ihr. Das Ding ist auf dem Weg, am besten vergessen und nicht die Tage zählen. Wenn in drei Monaten keine Antwort kommt, ist es sowieso gelaufen. Sie lobt ihn für seinen Mut, es zu versuchen.

Heublumenbad. Nach getaner Arbeit: das Manuskript ist weg, jetzt wollen sie feiern. Hinter dem geriffelten Fensterglas schimmert es weiß vom Schnee, der gefallen ist. Im heißen Wasser läuft ihm der Schweiß von der Stirn. Über die Butter im Dorf des neunzehnten Jahrhunderts liest er. Der Butter, wie es in seiner Heimat heißt. Das Kinderspiel hat sein Vater immer mit ihm gemacht: seinen Arm mit beiden

Händen gedrückt und gewargelt. *Butterstampfa
Butterstampfa – wargelewargelewarg!*

Beim Inder schräg gegenüber. Lamm mariniert
in Joghurt-Ingwer-Sauce. Duftender Basmati
mit Safran und Kreuzkümmel. Rindfleisch mit
Bananen und Ananas, frittiertes Gemüse mit
einem kühlen Dip und dazu Fladenbrot aus
dem Tandoor. Er genießt das Essen. Die fremden Gerüche und Geschmacksnoten, die Sätti-
gung, die Widerstandlosigkeit. Eine merkwür-
dige Zeit: eine Ballung, ein Nadelöhr, eine innerste Kammer aus Zeit, sodass sie selbst un-
empfindbar wird. Ein Raum aus Entscheidung
wie ein Gewächshaus, in dem alle Früchte
gleichzeitig reifen. Eine nach der Anderen fällt,
er spürt es, ohne dass er es vorhersehen oder
lenken könnte. Alles hat seine Zeit, denkt er:
der Augenblick zum Schreiben der Geschichte,
der zum Lesen, der zum Gestalten, der zum Ab-
warten. Die sechs Balken des I Ging kommen
ihm in den Sinn, manche durchbrochen, wie
um das Kommende vorbereitend einzulassen,
manche ganz und stark, wie um letzte Hindernisse aufzubauen, die dann zu Trägerbalken des
neuen Gebäudes werden. Müde und satt gehen
sie zwischen den Lichtern über die regennasse
Straße nach Hause.

Eine neue Geschichte denkt er sich aus: Einer sitzt am Küchentisch am Abend, der Tisch mit einem Wachstuch gedeckt, draußen grauer Werftabend. Nachtschicht. Er hat seine Heimat verlassen, weil das Vieh umgekommen ist. Nun er ist er hier, um Schiffe zu bauen, die großen Schiffe, die um die Welt fahren. Zuhause gab's nach dem Schaffen auf dem Acker immer Abendbrot, gebrannte Mehlsuppe, Schälkartoffeln und gestandene Milch. Das hat er beibehalten wollen, hier oben, fern von der Heimat. Gestandene Milch, in die er Brotstücke einbrockt, abends am Küchentisch. Aber die Schicht bringt alles durcheinander. Werftabend. Am Meer wohnen, am weiten Meer. Er ist allein. Vom Löffel tropft die Milch. Er weiß, dass er nicht lange hier bleiben wird. Wenn die Werft keine Arbeit mehr hat, wird er gehen müssen. Alle müssen gehen. Keiner kann bleiben in dieser Welt. Jeden Tag wünscht er sich, dass er wirklich auf dem Heimweg ist. Wie der Roman weitergehen soll, weiß er noch nicht.

Als er wieder ins Wohnzimmer kommt, sitzt sie auf dem Teppich und näht seinen Pulloverärmel. *Durch den Ärmel gaht das Loch*, fällt ihm ein mittelalterliches Lied ein. Im Ofen backen Käsebrote, im Fernsehen läuft ein Film. Er liebt diese gemeinsamen Tage in der Wohnung. Ich liebe diese Tage in unserer Wohnung, sagt er. Ich auch, sagt sie. Sie werden mir fehlen, sagt er traurig. Fehlen? Wieso denn? Wann denn? Er zuckt die Achseln. Irgendwann.

Der Geruch nach Kaffee kurz vor Mitternacht. Sie rührt mit dem Löffel den Milchschaum auf. Manchmal kommen ihre Hände wie Botschafter, um ihm etwas zu sagen, sacht, vertraut, nah, jede Berührung an seiner Wange und das bloße Geräusch ihrer Berührung sind eine unerhörte Zusage.

Nachmittags schaut er im Fernsehen einen Filmbericht über den Amazonas. Waldkind, denkt er. Das ist er ja immer gewesen, nicht? Und jetzt noch ein Wald unter Wasser, fern im Süden, wo die Sonne senkrecht steht und es keine Dämmerung gibt. Ein strenges, schwüles, schwangeres Land, das Wildnisse und Tausende von Vögeln, Früchten und Geschöpfen ausbrütet. Dort gibt es ihn, den Unterwasserwald. Dort wollte er behütet leben, wenn er könnte.

Der Grund ist sauber, eine Schicht aus großen, festen Blättern, denn die Bäume hier haben alle große, feste Blätter. Das Wasser ist glasklar, die Sonne fächert durch die silberne Decke herein wie in eine Kathedrale, eine seichte Kathedrale, gestützt von Stämmen und Wurzeln, zwischen denen im Kristalllicht Fische schweben. Da gibt es die Samenknacker mit starken Kiefern und Zähnen und die Astspringer, die aus dem Wasser schnellen und sich Käfer schnappen, fette schwarze Käfer. Von ihrem Sprung ziehen Perlenschnüre durch den Wasserraum, es gluckst und brodelt dumpf, es klingelt manchmal wie ferne Glocken, wenn sich das Wasser an den Bäumen reibt.

Im Wald hausen auch die weißen Bothos, die urzeitlichen Wesen. Sie stammen vielleicht noch von den alten Fischechsen ab oder gehören zu den Uterinen, denn sie sind weiß und haben kleine Augen und einen Höcker auf dem Kopf. Sie spielen im Blaugrün der Lagunen und im flirrenden Waldlicht, helle Gestalten geheimnisvoll eingesenkt ins tropische Glaswasser wie in ein Juwel. Mit ihren langen Zahnschnäbeln fressen sie Fische aus den Netzen und lachen darüber. Sie sind schlau, deshalb tut ihnen keiner etwas zuleide. Es bringt Unglück.

Dort wollte er am liebsten umher streunen, mittags, wenn die Sonne brennt, mit seinem

Nachen, flach wie eine Reisschüssel, im Schatten unter dem tiefen Laubdach der Bäume hindurch gleiten, das leise Plätschern des Paddels, das Streifen der Blätter, das Rufen eines Vogels. Er würde die grellen Lagunen und den weiten Strom meiden. Er würde versteckte Kanäle entdecken und schwimmende Inseln und auf Luftwurzeln an Land gehen. Er würde sein Boot anbinden und in die Kronen klettern, er würde den Vögeln und Affen, den Früchten und Blüten ganz nahe sein und könnte nach Herzenslust schauen und staunen, pflücken und kosten. Er säße selbst wie so ein Geschöpf in den Astgabeln, schälte die dicken Schalen und zupfte das süße Fleisch mit den Zähnen. Er würde, wenn es zu heiß wäre, eintauchen in den Unterwasserwald, hinab steigen unter die Oberfläche und treiben im schwerelosen Schimmer. Er schwämme verborgene Gänge entlang, kurvte um Stämme herum, drückte sich durch Blätterdickicht und fände einen Winkel, wo er bleiben und beobachten könnte, zusehen, wie die anderen Wasserbewohner hausen. Wie das wunderbare Leben sich lebt. Wie klar und durchsichtig alles geworden ist, seit die Flut kam. Dann stiege er wieder an die Sonne und legte sich auf die Planken seines Nachens zum Trocknen. Er ließe sich treiben, in Gedanken versunken, Träumen nachhängend, Träumen von demjenigen, der dies alles gemacht hat und der als einziger die Macht besitzt, ihm das alles zu bewahren.

Das ist es, was er sich wünscht. Waldkind, denkt er. Das weiß ich wohl.

Im *Cha-Dô* ersteht er einen blumig duftenden Keemun im Päckchen, sprüht sich in der Parfümerie den Geburtstagsduft an die Handgelenke und kauft sich im Drogeriemarkt die CD mit der asiatischen Teemusik und für den Abend eine Flasche Wein und eine dicke Sumatra. Eine Wäscheleine, Butter, Bananen. Zuhause erwartet ihn eine Rose in der Vase. Ich liebe dich, sagt seine Frau.

Wenn er sich am Kopf kratzt, schneit es. Schuppen hat er schon lang, er hat nie etwas dagegen getan. In einem Roman nennen die Geishas ihren Hauptfreier deshalb *Schneemann*. Peinlich eigentlich. Nun fängt es an den Augenbrauen auch an. Es juckt, die Haut an den Schläfen verschorft. Er muss zum Hautarzt. Der untersucht kurz seine Kopfhaut, schaut sich die buschigen Brauen an und fragt dann:

»Was sind Sie von Beruf?«

Er stutzt. Was soll die Frage? Dann antwortet er kühn: »Schriftsteller.«

Der Arzt nickt. Als er fertig ist, meint er: »Eine leichte Neurodermitis. Nicht ansteckend. Sie sind ein feinfühliger, sensibler Mensch. Seien Sie dankbar dafür! Das bisschen Neurodermitis kriegen wir schon in den Griff.«

Er verschreibt ihm eine Lösung, mit der Pipette aufzutragen auf behaarte Haut.

Endlich einer, der mich erkannt hat, denkt er beim Hinausgehen. Da muss schon ein Hautarzt kommen. Aber ich – mich hat keiner gefragt, ob ich ein Sensibelchen sein will. Dann tritt er durch die Haustür auf die Straße und geht gleich zur Apotheke.

Er denkt sich eine weitere Geschichte aus. Ostasienexperte entdeckt, dass er Alzheimer hat, die Krankheit des Vergessens. Das Vergessen ist wie der Tod, nur dass er sich selbst Botschaften schreiben kann in eine Zukunft hinein, wenn der Nebel gefallen sein wird. Die Erinnerungen an früher sind lebendiger als der nächste Alltag: seine Zeit in Japan, Tempelgärten, Tuschezeichnungen, Teeweg, Kôans und Konkubinen säumen seinen Werdegang und das Liebäugeln mit dem Buddhismus. Nun steht er vor dem Problem, schrittweise seine Erinnerungen, sein

Denken, seine Überzeugungen, also seine Geschichte zu verlieren. Ihm wird klar, dass das seine Identität in Frage stellt. Wer wird er noch sein, wenn er sich selbst nicht mehr weiß? So will er seine Gedanken und Erinnerungen in den Botschaften festhalten, kämpft einen verzweifelten Kampf gegen das allumfassende Vergessen, denn er wird den nicht mehr kennen, der ihm schrieb, er wird es lesen wie von einem Fremden, ja er wird vergessen, dass er überhaupt schreiben will, er wird es sich Tag für Tag schreiben müssen und es Tag für Tag wieder vergessen. Irgendwann wird er nicht mehr schreiben können.

Eine beeindruckende Story, findet er. Schönes japanisches Setting, Kirschblüten, Tee und Shinkanzen, Haiku und Zen und die Suche nach dem, was die Identität eines Menschen ausmacht. Arbeiten könnte er im Goethe-Institut in Kyôtô, und bei einem alten Rôshi im Tempel könnte er letzte Tage verbringen. Titel vielleicht ein Kôan: *Mein Gesicht vor Geburt meiner Eltern.*

Um halb zehn abends klingelt es. Sie schauen zum Küchenfenster hinaus. Das Auto seines Bruders steht an der Straße. Hallo Bruderherz!, sagt er in der Tür und nimmt ihn in den Arm.

Sie sind sind gerade am Essen, Sahnehering mit Bratkartoffeln. Der Bruder hat keinen Hunger, er hat auf der Spielemesse genug gegessen. Nach einem Kaffee sitzen sie im Wohnzimmer im Warmen, Kerzen brennen, es ist schön, sagt der Bruder wehmütig und verschränkt die Arme im Nacken, in einer fremden Stadt abends einen Ort zu haben, wohin man kommen kann. Er weiß genau, was sein Bruder meint. Das hatte er sich früher auch immer gewünscht. Der Bruder schläft auf der Couch im Wohnzimmer. Als er nachts wieder nicht schlafen kann und auf dem Weg zur Küche durchs Wohnzimmer muss, sieht er ihn liegen, halb zugedeckt, schwer Atem holend, er ist älter geworden, denkt er und hat ihn plötzlich sehr lieb.

Annihilation. Von hinten packt die alte Frau im Traum mit dämonischer Kraft sein Auto, er kommt nicht von der Stelle. Der Wassereimer mit abgehackten Kinderhänden. Der Kampf, von Anfang an. Der Uterus, kräuterölduftend, der ihm vor Heimweh alle Kräfte raubt. Eine schutzlose Geburt, aus dem Dunkel kommend noch ohne Namen, noch ohne Worte für den Schmerz und die Gnadenlosigkeit und die unfassliche Bedrohung. Vielleicht eine sachte Drehung, das weiche Ärmchen gerät hinter den

Rücken, verklemmt sich dort und bricht mit dem Ruck, mit dem er aus der dunklen Höhle gepresst wird, hinein in eine grelle Kälte, in starke Hände, Handtücher, warmes Wasser, namenlose Mächte. Wer ist er?

Er schafft den Abschied nicht. Den Schmerz hervor zu rufen. Die sachte Drehung auszuhalten, die ihm die Gliedmaßen verrenkt, bis er innerlich schreit und seine Seele schäumt. Seine Lebenskantilene: das eine Sterbenswort: du musst. Er kann es nicht. Das Auto bewegt sich nicht von der Stelle. Er will nicht. Er will nicht im Leeren hängen mit gebrochenem Arm, wimmernd, namenlos, stumm und ohnmächtig im Andrang all der Mächte und Hände und unverständlichen Worte, bis endlich einer den Fehl bemerkt und er doch noch das Nest aus Frieden und Sicherheit erreicht. Doch noch. Aber einen Tag zu spät. Einen Rang zu hoch. Das Erste und Tiefste ist die Drohung: Du kannst vernichtet werden. Du bist kaum, und schon darfst du schmecken, wie das Nichtsein wäre, aus dem du kommst. Kaum gekommen, musst du wissen, dass du wieder gehen wirst, irgendwann, irgendwo, wie ich es will.

Wer spricht da?

Die Welt hat ein Loch. Am Ende wird alles grau wie Asche, dort erlischt alles. Wie in einem Abflussrohr wird jeden Augenblick etwas aus der Welt gesaugt, Gedanken, Ordnungen, Kräfte, Menschen, und vergehen dort über der Kante. Seine Großmutter weiß nicht mehr alles von sich, und vielleicht geht es seinen Eltern bald ebenso. Dann ist er allein, allein in einem dichten Gewebe aus Tod und Dunkelheit. Dieses Hinabgehen ins Dunkel, das ist es, was ihm immer Angst und Trauer gemacht hat. Trotz der Hoffnung, die er hat, trifft ihn das wie ein schweres Geschütz. Wir können uns nicht heraus trennen aus dem Zusammenhang des Verderbens, schreibt er. Wir gehen auf den Tod zu, auf das Erlöschen alles dessen, was wir je als uns selbst, als die Welt gekannt haben. Sicher kommt dahinter das Eigentliche, aber das können wir jetzt nicht kennen. Wir gehen hinab. Wir sind die Hinabgehenden, das ist unsere Aufgabe. Nichts ist mehr sicher oder harmlos, der Staub des Nichts weht aus allen Ritzen.

Die Künstlerin hat in London studiert und malt gerade kleine Mandalas, obwohl sie selbst nicht wisse, wieso das plötzlich da sei. Es ist seltsam mit der schöpferischen Kraft, sagt sie. Der japanische Begriff dafür ist ihm im Moment entfallen. Graue Haare, geschminkte Lippen, Wollsocken und Pantoffeln. Als er in die

Winterkälte hinaus tritt, riecht seine Hand noch nach ihrer Hautkrem.

Sie räumen den Frühstückstisch ab. Das Fenster steht offen, Sonne auf der Fensterbank, die leichten Jacken werden genügen. Gehen, unbeschwert. Kein meterhoher Schnee mehr, kein grauer Himmel, kein kahler Baum im Winterfeld. Hunderte von Menschen und Autos und ein freies Blau über dem Bahnhof, ein durchsichtiges Frühlingsblau. Im Schatten und wenn die Brise auffrischt, ist es kühl. Die aufbrechende Welt durchs Kameraauge betrachten, denkt er sich: monochromes Leben, monochromes Aufblühen zwischen Mauerfugen, Laternenmasten und Plakatwänden. Menschen, Szenen, Gesichter. Der eingelegte Film erlaubt erhöhte Empfindlichkeit und Konzentration aufs Wesentliche. Dokumente an Wirklichkeit. Durchsicht auf die Struktur. Selbst die wadenlangen Röcke der Frauen bekommen etwas Bedenkliches. Beim Bäcker holen sie sich einen Imbiss. Der Zigarrenladen bietet Tabakproben an.

Auf dem Sandstein vor der Burg spielen Kinder. Trotzdem bietet sich der nachmittägliche

Frühlingsblick über die Stadt. Ihre gemeinsame Stadt. Nun haben sie hier eine bekannte Straße, eine vertraute Wohnung, ein Heim für den Abend. Dort können sie, zählen sie auf: Tee trinken, Abendessen machen, fernsehen, lesen, am Rechner schreiben, Computerspiele spielen, auf der Couch sitzen und reden, ins Bett gehen. Der Burgenstein zerwittert in Bahnen aus grobem Sand, der zwischen Rinnen und Wannen abwärts rieselt. Sie sieht in der schwarzen Regenjacke, wenn sie ihr Haar zurückstreicht, und dem roten Lippenstift wie eine schöne Fremde aus. Sie ist viele Kameraschüsse wert, einen nach dem andern, eine unbekannte, begehrenswerte, geheimnisvolle Frau auf dem Felsen, und hinterher geht er zu ihr hinüber und streicht ihr über die Wange, weil es gemeinsam ist, dass sie hier sind.

Von fern erschallen Sprechchöre. Mannschaftswagen sind aufgefahren, Präsenz sagt man, und zusehends verdichtet sich das Geschehen zu einem plötzlichen Mittendrin. Jetzt, denkt er. Jetzt ist er mittendrin. Vielleicht wäre Carl Wittgenstein so mittendrin, vielleicht erlebt er nach, Jahre später oder Jahre zuvor, was ihn in der johlenden Menge bewegt hätte. Den Kitzel des Historischen. Die Regung der Gewalt in ihm. Die Empörung, den Aufruhr im Innern, die stolze Weigerung angesichts der aufmarschierenden Staatsmacht. Aber er ist nicht Carl. Durch das Kameraauge entdeckt er die jungen Polizisten, sieht ihren Gesichtern an, dass sie zum Schützen hier sind und froh, wenn nichts passiert. Dass sie sich gegenseitig Sicherheit geben. Dass sie wachsam sein wollen für den Staat und behutsam für sich selbst. Er weiß gar nicht, ob er das fotografieren darf. Er tut es, ohne gesehen zu werden. Im Telezoom: monochrome, pure, konzentrierte Wirklichkeit. Eine Konstellation aus Licht und Schatten. Strukturen gebildet aus Polizistenrücken und Transparenten. Inseln in der Gewöhnlichkeit: eine Fahne mit hellem Emblem über dem Meer gereckter Fäuste geschwenkt; Schlagstock und Helm am Hüftgurt; ein junger Mann mit Ziegenbart, sich eine Zigarette ansteckend; Polemik, Kopfschütteln, Verachtung als Stimmen hinter ihm, leider nicht mit einer Kamera einzufangen. Von Mal zu Mal wundert ihn, dass ihn die Repräsentanten des Gewaltmonopols auf der einen Seite und die türkischen Kurdenhasser auf der anderen nicht hindern, ihre Gesichter festzuhalten. Sie wären doch identifizierbar. Die Wirklichkeit wäre es: ihre Anonymität der unfasslichen Einzelheit. Ihn ergreift ein Fieber: das, zu dokumentieren. Realität live, auch wenn es sich wie ein Bühnenstück ausnimmt. Eine nachträgliche Legitimierung seines Romans. Nachher kaufen sie sich eine Eiswaffel, Banane und Karamell, und er wendet sich mit der Kamera wieder den Baulichkeiten der Altstadt zu, den Einkaufenden, Wartenden, Redenden, den in sich wie in einer Sprachlosigkeit uneingestandener Träume Versunkenen.

Manchmal hat er klaustrophobische Anwandlungen. Mit Tunneln und Omnibussen hat er kein Problem. Aber manchmal, wenn ihm in einem vollbesetzten Aufzug bewusst wird, dass er nicht heraus kann, oder einem überfüllten Wartezimmer, da wird ihm eng. Früher als Jugendlicher ist er in Höhlen herum gekrochen, extreme Engstellen, bei denen er einen Arm anlegen musste, um durchzukommen. Das könnte er jetzt nicht mehr. Wenn er es nahe am Leib spürt, dass er sich nicht drehen und wenden kann, wie er will, kriegt er Panik. Vielleicht kindlich. Ein perinatales Trauma. Die Enge im Geburtskanal. Das müsste er einmal einen Psychologen fragen. Aber im Alltag fällt es kaum auf.

In der Steppe Afrikas fangen sie Nashörner, eine italienische Journalistin vom Basler Zoo verliebt sich in den alten Grantler John Wayne, und junge Elefanten haben eine gute Spürnase. Der Abend wird ernster als erwartet. Die Stärke ist weg, die folgenden Tage erheben sich wie ein Berg vor ihm. Er erinnert sich an die Geschichte, die er angefangen hat zu schreiben. An das Mädchen, das unterm Maulbeerbaum sitzt, an die laue Nacht am Strand, in der sie unterwegs sein werden, um den Jungen zu treffen. Er erinnert sich an Waldränder, an das Summen der Fliegen, an die Hitze über den Feldern, die beschatteten Wege und den Duft von Honig und mürbem Laub.

Er will schreiben.

Er muss schreiben.

Springt ein Rehlein im Märzenwald, singt er seiner Frau am Telefon. *Kommt der helle Frühling bald*, singt er, *und macht das Leben frei. Neu* heißt es eigentlich im Kinderlied, aber für ihn passt *frei* besser.

Es wird dunkel in Nürnberg. Er sitzt bei ihrem Bruder im Auto. Oben, wo das Fenster hell ist, sitzt seine Frau mit ihrer Schwägerin und redet über Hochzeiten. Währenddessen fährt er mit ihrem Bruder den Zubringer zur Autobahn entlang auf der Suche nach einer Tankstelle. Starthilfekabel für dreißig Mark. Ihr Auto startet nicht. Die Batterie ist leer. Um Pannenhilfe zu leisten, brauchen sie ein Startkabel. Zu Anfang, erzählt ihr Bruder, wird er seinem Mentor nur hinterher gehen. Bis dann im zweiten Jahr der Unterricht dazukommt. Er ist evangelischer Pfarrer. Schließlich ist es die Batterie, die der Pannendienst morgen früh ersetzen wird. Der Besuch ihres Bruders und seiner Frau war eine unverhoffte Geborgenheit. Ja. Aber er versteht immer noch nichts. Er hat Sehnsucht. *Du weißt, wonach ich mich sehne*, lautet der Spruch auf dem Kalender in dem Auto, das nicht fährt und auf das sie angewiesen sind.

Wonach sehne ich mich?, fragt er sich.

Nach geballter Faust.

Nach unbeschränktem Gehenkönnen.

Nach einer bestimmbaren Zukunft.

Das gelbe Auto mit dem Fähnchen. Der Pannenhelfer schließt die Klemmen an, der Motor startet. Quer durch die Stadt fahren sie ihm hinterher, nach Süden, zu einer Werkstatt, wo sich im gläsernen Verkaufsraum die Pannenhelfer zum Kaffee treffen. Sie warten. Teigkringel mit Zuckerglasur, gekochte Eier in einem Körbchen, weil bald Ostern ist, ein Mechaniker auf einer Leiter putzt die Scheiben. Ihn friert, er ist müde. Halb elf.

Nachher legen sie sich noch einmal ins Bett. Vorbeigekommen sind wir wieder an der Erziehungswissenschaftlichen Fakultät, wo er seine ersten Flugblätter verteilte. An der Ausfallstraße, wo sie einen Spaziergang im Lorenzer Forst machten. An jener Tankstelle, an der sie nach dem Abend am Valzner Weiher ein Eis kauften, damals, im Sommer. In ihrem ersten Jahr hier in dieser Stadt, die nun sein Leben ausmacht.

Er will schreiben.

Schreiben davon, dass er schreiben muss.

Die Sprache ist seine Waffe, die Literatur sein Kampfring. Er will wieder schreiben und voll eines autorisierten Zorns gegen die Welt schreiben. Sie gestalten, den Traum erscheinen lassen.

Er will schreiben.

Halb zehn. Morgens in Dublin. Aber er ist nicht in Dublin, steigt auch nicht auf den Martello Tower, kreuzt nicht Rasiermesser und

Spiegel auf dem Becken, rezitiert nicht *Introibo ad altare Dei* und ist auch nicht der feiste Finch Mulligan aus dem *Ulysses*. Trotzdem bereitet er sich ein irisches Frühstück nach Joyces Anweisungen:

- einen Teller Gebratenes
- Eier mit Bacon
- Brot mit Butter und Honig
- eine Kanne frischen starken Tees
- hinein gegossen ein Quart fette Milch.

Dazu lässt er ein Stückchen Torf qualmen und ist zufrieden. Eintreten zum Altar Gottes, täglich.

An einen Sommertag letzten Jahres denkt er, wenn er das Lied von einem irischen Tag hört, an Hitze und das Gehen in Tuchschuhen und das erste Hören dieses Liedes in einer christlichen Buchhandlung. An die Unbeschwertheit, die Freude, das Aufatmen. Damals begann es, es hat sich fortgesetzt, nein, er hat die Richtung nicht verloren. Trotz des schwierigen Winters, trotz der Widerstände und Verwicklungen und Fassungslosigkeiten. Gott wird ihn weiter ins Weite stellen, betet er und hat Tränen in den Augen, als der irische Tag wie ein Tanz gefeiert wird.

Plötzlich verstummen sie beide. Draußen ist es dämmrig geworden, die blaue Stunde jetzt, vor Beginn des Frühlings. Sie lauschen – hinter dem Lärm der Autos und den Stimmen auf der Straße – der Amsel. Er öffnet das Fenster, Kühle und Geräusche, das Singen ganz nah. Sie muss auf dem Dach des Gebäudes gegenüber sitzen, ganz oben. Im Zwielicht ist nicht auszumachen, ob es eine Strebe der Antenne ist oder ob dieser Fleck dort oben wippt und den Schnabel aufreißt. Würde er den Feldstecher ansetzen, sähe er einen Bildkreis aus blauem Dämmer, aus Heimlichkeit und Ungefähr, er hätte das wehmütige Lied nah, ganz nah, es gehörte ihm allein. Als es dunkel wird, geht ihr Lied in ein Zicken und Zetern über, wie immer um diese Zeit. Er schließt das Fenster. Sie sehen einander an, sie wissen beide: Jetzt hat der Frühling begonnen.

Die Stapel mit den Comicbüchern stehen ganz oben, sodass er eine Trittleiter benutzen muss. Oben schlägt er die Säume seiner Jacke zurück und schiebt Stapel um Stapel zur Seite, nachdem er sie durchgesehen hat. Unten unterhält sich die Besitzerin des Ladens mit ihrer Tochter in breitem Fränkisch. Er liest die Titel auf den Buchrücken mit schräggelegtem Kopf. Heute

Nacht hat er wieder davon geträumt: alte Bücher und alte Comics in einem Antiquariat, einer Schatzkiste, zu Spottpreisen. Staub, gilbes Papier, Farben aus Kinderzeiten. Titel und Geschichten, die es damals gegeben haben muss und die jetzt erst ans Licht kommen. Die er jetzt kaufen kann als späte Wiedergutmachung. Aber dieses Antiquariat ist echt. Er entdeckt alle Bücher und Hefte, die er früher in seiner Sammlung hatte. In den Müll geworfen mit sechzehn. Erwachsenwerdenwollen. Jetzt eine wahre Seligkeit. Zwei Stunden verbringt er in dem Laden, seine Frau langweilt sich. Staub und Schweiß jucken ihn auf der Stirn. Nachher bezahlt er für die Ausbeute einen Gebrauchtpreis. Er hat den Laden im Vorbeigehen entdeckt. Das Leben in der Großstadt, denkt er. Die Welt schuldet einem das Leben.

Die Welt raubt die Identität.

Die Welt will von sich abhängig machen.

Die Welt schuldet ihm sein Leben.

Ist diese Schuldforderung weitergegeben worden? Ist es nun Gott, von dem er sein Leben einfordert?

Mit unbehaglichem Gefühl gehen sie an dem Laden vorbei, über dem *Fetisch Mode* steht. Er liegt in einer Seitenstraße, ein schmuddeliges

Schaufenster, eine Glasscheibentür, kein Blick nach drinnen.

»Lass uns mal reinschauen«, sagt er zu ihr.

»Was willst du denn *da* drin?«

»Das interessiert mich.«

Er hat im Fernsehen einen Bericht gesehen über Dominas und ihre Studios. Das hat ihn fasziniert, aber auch verstört. Er will wissen, was es damit auf sich hat.

Drinnen geht eine Türglocke beim Eintreten. Hinter einem Tresen parallel zum Schaufenster steht ein Mann und schaut auf. Er trägt ein fadenscheiniges Jackett und Jeans. Er grüßt kurz, lässt sich abspeisen mit einem »Wir wollen nur mal schauen.« Etwas steif schauen sie sich um.

An einem Ständer hängen Strümpfe und lange Handschuhe aus Gummi. Das kennt er aus dem Bericht. Aber hier glänzen sie nicht, sondern sind stumpf und unansehnlich, eher grau statt schwarz. Er spricht den Verkäufer darauf an und erfährt, dass man das Latex mit Silikonspray behandeln muss, damit es glänzt.

Über zwei Stufen geht es in einen Nebenraum. Was er dort sieht, lässt ihn trocken schlucken. Hier ist das Allerheiligste, kommt es ihm vor, das verruchte Innerste des Fetischkultes. Eine seltsame Erregung erfasst ihn, keine sexuelle, sondern das Kribbeln, wenn man verbotene Räume betritt. Dort hängen Masken an der Wand, liegen Mumiensäcke auf Tischen, mit Schläuchen und Gasmasken und Ventilen, reihenweise Gummianzüge auf Bügeln, Fesselgeschirre und Harnische und Mundknebel in Penisform, er schaut sich das alles an und spürt die Beklemmung. So hat er sich das nicht vorgestellt.

Sie folgt ihm, schaut sich alles aus der Ferne an. Er will es genauer wissen, untersucht die Fesselriemen und Knebel, die Masken und Schläuche mit fast medizinischem Interesse. Aus dem Bericht weiß er, dass es um Atemreduktion geht. Die gefährliche Pendelatmung, bei der es zu Rauschzuständen durch Sauerstoffmangel kommt. Er stellt es sich vor: eingepackt in einen Sack, gefesselt, bewegungsunfähig, nichts sehen, nichts hören, nur der eigene Atem, isoliert und auf sich zurückgeworfen – irgendwie fasziniert ihn das. Doch der bloße Gedanke daran löst klaustrophobische Anwandlungen aus. Nie könnte er sich das antun.

Es geht um Entfremdung, denkt er. Um Isolation. Um Entstellung. Pervertierte menschliche Formen. Anonymisierte Gesichter, der Mummenschanz eines heidnischen Rituals. Um Verleugnung der Person: Ich bin es nicht, der hier gefesselt liegt. Ich bin es nicht, der den Anderen fesselt. Wir sind Aliase, Avatare,

146

Medien eines Dämons aus dem Abgrund.

Er schaut sich die Anzüge an, schiebt Bügel um Bügel beiseite. Manche mit eingebautem Dildo vorn für Frauen, hinten für Männer. Der Verkäufer steht in der Tür und beobachtet ihn misstrauisch. Die Anzüge wabbeln. Sie sind dick und gefüttert und halten eine Hohlform bereit, in die man nur hinein zu schlüpfen braucht. Wer sich da hinein begibt, ist gefangen in einer Fremdheit, in der er für nichts verantwortlich ist.

Er steckt den Arm in einen Ärmel, um zu sehen, wie sich das anfühlt. Er tastet mit der freien Hand ab. Er spürt etwas, aber taub und weit weg. Eine wohlige Taubheit, eine Gefühllosigkeit, die lässig macht. In so einem Anzug lässt man alles mit sich machen, denkt er. Ausgeliefert, zum Sexobjekt reduziert.

Das erinnert ihn an die sensorische Deprivation in Wassertanks. Samadhi in Latex, denkt er und schüttelt innerlich den Kopf. Was Menschen Menschen alles antun. Was Menschen von Menschen verlangen. Abgründe tun sich auf. Das ist die Kehrseite der Großstadt, denkt er. Hier kreuzt sich alles, Menschen verschiedenster Hautfarbe, Gesinnung und Neigung. Damit musst du leben, sagt er sich. Du musst nicht daran teilhaben, du kannst dem aus dem Weg gehen. Aber allein, dass es das gibt – ! Es bedrückt ihn und ekelt ihn an.

Der Verkäufer hat lange genug zugeschaut und tritt an ihn heran.

»Welche Größe brauchen Sie denn?«, fragt er.

»Keine Ahnung.«

Der Verkäufer sieht sich zwei, drei auf Bügeln an und meint: »Der hier müsste passen.«

Und wenn nicht?, fragt er sich. Gibt es die Möglichkeit zur Anprobe? Ist sicher eine Heidenarbeit, den auf der nackten Haut anzuziehen. Aber er fragt nicht weiter, zumal er ja gar nicht kaufen will. Bis zu tausend Mark kostet so ein Stück.

Auf dem Weg nach draußen sagt seine Frau: »Ich bin froh, wenn wir hier raus sind! Das ist definitiv nichts für mich.«

Draußen gehen sie die Straße entlang und gelangen auf die Hauptstraße. In einer Bäckerei an der Ecke kaufen sie zwei Schneckennudeln und essen sie hungrig.

»Das muss jetzt sein«, sagt sie.

Beim Aufwachen scheint die Sonne. Der Rollladen ist nicht ganz herab gelassen, die Ritzen geben ein Sommermuster auf der Bettdecke. Ohne Waschen und Kämmen geht er auf die Straße. Menschen, ist sein erster Gedanke.

Sobald er losgeht, treibt er im Strom. Die Liebe ist an diesem Morgen glaubhaft und unbeschwert, sie hat ihn umfasst ohne sein Zutun. Er ist unterwegs zwischen Häusern und Menschen, macht Besorgungen, steigt hinab in die U-bahntunnel und wird dort, in den Wagen sitzend, wieder dahin getrieben und mitgenommen vom Strom. Als er es bemerkt, lehnt er sich zurück und wird ganz lässig. Er braucht nichts zu tun. Merkwürdig, dass das so leicht ist.

Der Lorenzer Platz oben leuchtet im Licht, die Kirche sandsteinrot und dunkel vom vorübergegangenen Regen, er gewinnt ihn wie eine Himalayahöhe. Im Vorbeigehen eine Frau, der er hinterher schaut. Ein Typus, der ihn anzieht. Kaufmannsgattin. Er notiert sich ihre Garderobe: ein Wollmantel mit fliederfarbenem Futter, ein adrett geschlungenes Tuch, Lederhandschuhe, moderne Schlupfstiefel aus wasserabweisendem Stoff mit Gummisohlen, eine karierte Röhrenhose, die Augen blaugrau und kalt in diesem jubelnden Licht. Über dem Fluss segeln Möwen, die Brücken befördern Passanten ans nächste Ufer. Es könnte Hamburg sein, denkt er, und dieses Café unter den Arkaden an der Elbe liegen. Weshalb hat meine Lebensfreude so viel mit diesen Bildern zu tun?, fragt er sich.

Vielleicht hat sie auch mit dem Schreiben zu tun.

Das Gesicht vor Geburt der Eltern. Er schreibt das Tagebuch eines Anderen und schreibt es wie sein eigenes, mit der gewohnten ungeheuerlichen Nähe und Ferne des Ich.

Gestern Abend im Gottesdienst. Die Reihen sind licht, man hat Bewegungsfreiheit. Er ist traurig, weil Gott so weit weg ist. Tatsächlich ist er alles, was ihm fehlt. Im Gottesdienst kann er sein, wie er ist. Gott will seine Anwesenheit. Alles Weitere wird er schon machen. *Ich lasse dich nicht, du segnest mich denn,* denkt er an Jakobs Ringen mit Gott am Jabbok. Wie aber sieht der Segen aus? Er fühlt sich wie ein ausgetrocknetes Bachbett, und der Abend ist wie ein Strom, der ebenso schnell wieder versiegt.

Sie fahren mit dem winterkalten Wagen durch die Nachtstraßen. An ihrer Fachhochschule werfen sie einen Briefumschlag ein. Das Fahren durch die Nacht zwischen Lichtern und Straßen hat ihn wehmütig gemacht. Tatsächlich: Er lebt in der Fremde, hat dort Haus und Adresse. Er will sich nicht damit abfinden, dass alles so immer so mühevoll und hindernisreich sein muss.

Morgens um sieben ist die Welt nie in Ordnung. Es ist kühl in der Wohnung, draußen herrscht graues Licht. Das Auto steht bereit, er hat alle Unterlagen, über zweihundert Kilometer nach Süden. Heute ist ein wichtiger Tag. Heute ist sein Vorstellungsgespräch an der Evangelischen Akademie in Bad Boll, wo er sich als Dozent beworben hat. Mit seinem Kurs *Leben als Geschichte*. Im Bereich Persönlichkeitsentwicklung oder im Bereich Kunst, Kultur Kreatives. Heute entscheidet sich ein Stück seiner Zukunft.

Aber er kann sich nicht mehr bewegen. Ein Gleichgewicht der Kräfte, das alles in ihm neutralisiert. Er hat das nicht mehr, was ihn in den letzten Monaten angetrieben hat, irgendwann dazu gebracht hat, einsichtig zu sein. Er hat das nicht mehr, was ihn letztlich immer wieder in Bewegung setzte. Wie das Auto, sagt er zu seiner Frau, halb nackt auf dem Teppich und das Liederbuch in der Hand, die Lieder ersterben ihm auf den Lippen: Der Motor jault hoch, die Kolben jagen auf und ab, die Nockenwelle kreist wild um sich selbst, die Scheiben werden ständig geputzt, die Batterie ist erneuert, die Reifen sind prall, außen feuert man ihn an, er solle fahren, er müsse fahren, aber der Gang ist nicht eingelegt. Da nützt aller Antrieb nichts. Und den Gang, den kann nicht er einlegen, er nicht mehr.

Um zwölf ruft er an im Fünftausendseelenstädtchen, das Gespräch wird nüchtern, sachlich und ausweglos. Er muss den Termin wahrnehmen, sie müssen das Programm fürs nächste Jahr festlegen, sie haben noch Fragen zu seinem Konzept, das kann er nicht bringen, er wird unten durch sein für immer, er weiß das alles, aber es hilft nichts. Er kann nicht anders. Er will nicht anders. Er kann nicht wollen, und er will nicht können.

Der Druck treibt die Situation auf jenen kritischen Punkt zu, wo das Gleichgewicht endlich kippt und es einen Ausschlag gibt eindeutig in eine Richtung. Die Spannung wird unerträglich, das Zusammengespanntsein gegensätzlicher Kräfte zerreißt ihn. Er kann das Gespräch kaum zu Ende bringen. Alles in ihm verknotet sich, verstrickt sich, lauter widerstreitende Gefühle, Vorwürfe, Forderungen, Schuldgefühle. Jetzt ist er wirklich am Ende seiner Möglichkeiten.

Warum muss ich immer bis an die Grenze gehen?, fragt er sich hinterher. Warum muss ich alle meine Kräfte zerreiben an dem

Gegensatz, bevor ich aufgeben kann? Aufgegeben hat er gerade nicht den Widerstand, sondern den Anspruch, sich fügen zu müssen. Wer verlangt das von ihm? Wer spielt hier den strengen Richter? Ein Über-Ich? Gott? Er selbst?

Er ist völlig erschöpft. Hat den Kampf bis zu Ende gekämpft, um nicht lügen zu müssen und es sich nicht leicht zu machen. Besser wär's, denkt er, er würde es sich einmal leicht machen. Einfach sagen: Ich bin krank. Aber die Folgen seines Tuns muss er so oder so tragen, ob er nicht will oder nicht kann.

Seine Frau steht ihm bei. Spricht ihm Mut zu. »Wenn du nicht kannst oder nicht willst, dann ist das so«, sagt sie. »Dann findet Gott andere Wege.«

Das glaubt er schließlich: dass Gott ein Leben für ihn hat, das er leben kann.

Die Röntgenpraxis ist voller Leben. Kinder lachen und rennen umher, die Patienten unterhalten sich miteinander, ein alter Mann schäkert mit einem unbekannten Kind, er hat breite Hände und kurze Finger und auf den grauen Haaren eine gestrickte Kappe. Der Arzt ist ein Türke. Er bekommt ihn einmal im Umkleidezimmer zu Gesicht, zeigt ihm seine Hand. Sie warten zwei Stunden. Einmal wird ihm elend, und sie holt unten auf der Straße Brötchen und Cola. Das Röntgenbild zeigt, dass der Daumen nicht gebrochen ist. Er will hier weg und lässt sich einen Fortsetzungstermin geben. Draußen ist der Nachmittag erloschen wie die Sonne auf einer Kirchenwand. Zu allem hätte er Lust gehabt und alles getan heute, nach dem Durchgang durch die Krise. Er hätte das Leben genossen, die Freiheit, zu der er sich durch-gekämpft hat, obwohl niemand sie ihm verwehrte. Nur er selbst. Wie heute Nachmittag, als er aus Zorn und Verzweiflung mit der Faust gegen die Wohnzimmerwand schlug, aus Zorn über sich dass er sich immer so quält,.

Sie kaufen im Supermarkt ein Abendessen für den Backofen und gehen heim. Im Dämmer, die vertrauten Südstadtviertel, die ausländischen Kinder, die Pflasterstraßen, die Kirche. Er ist erschöpft, ernst, der Kampf geht weiter.

Du bist auch *mein* Gott, schluchzt er am Küchentisch und ballt die Faust. Der Schmerz fährt ihm in den Daumen und ernüchtert ihn. Morgen wird sich der freundliche Herr in der Pirckheimerstraße Zeit nehmen, um heraus zu finden, warum er das immer tut. Alle haben die Lage unterschätzt, selbst er. Nein, krank ist er nicht. Nur verzerrt wie ein Fernsehbild mit falschem Empfang. Er sieht klar und spürt unter sich festen Boden, einen Fels, auf den er sicher treten kann. *Sie haben dich von Jugend auf bedrängt*, sagt ihm seine Frau das Wort aus Psalm 129 zu, *aber sie haben dich nicht überwältigt.*

Gebackener Camembert, Preiselbeermarmelade und Baguette. Die Kerze brennt, draußen senkt sich der Abend über die Stadt. Dazu griechischen Rotwein. Wenn wir alle doch nur unbeschwerter lachen könnten, denkt er, ohne Vorbehalte, weil ohne Bezug zur Zeit. Ohne plötzliche Erinnerung, ohne Bruch, ohne Horizont. Einfach für den Augenblick. Dann könnten wir leben in dieser Welt.

Was macht den Menschen aus? Daniel Holtgreve, der Ostasienexperte mit Alzheimer, ist dem auf der Spur, seine Figur wächst ihm ans Herz in dessen Identitätsnot, in dessen Lichtdurst, in dessen edler Queste nach einer heilen Welt. Dabei übersieht er nicht, dass auch er sucht und ringt, dass auch er um sein Leben schreibt. Was bleibt vom Menschen, wenn sein Gehirn schrumpft und sein Verstand sich auflöst wie ein Ölfilm auf den Wassern seines Bewusstseins? Was bleibt von mir, fragt er sich, wenn ich von allem absehe, was lügen und trügen kann? Wer bin ich, dass ich schreiben muss? Wer bin ich, dass ich liebe im Schreiben und dass ich zu den Menschen muss und ihnen das sagen. Wer ist Gott, dass ich so bin?

»Gott ist auf deiner Seite«, sagt seine Frau liebevoll zu ihm. »Wenn Gott für dich ist, wer kann gegen dich sein?«

Beim Nervenarzt liegt ein Westerncomic aus. Sie lesen amüsiert: Wie der Doktor immer die Leute dazu bringt, von ihrer Kindheit zu erzählen. Wie sie darunter leiden, dass sie als Kind immer den Fettrand vom Steak essen mussten.. Die Tochter der Arzthelferin legt am Computer Patiencen.

Als ob er vor einem großen, strengen Mann stünde. Wird Zeit, dass du endlich erwachsen wirst!. Schau mir in die Augen, wenn ich mit dir rede! Aber wenn er es tut, sieht der Vater in seinen Augen die Rebellion, die Auflehnung. So wurde er auf Wahrhaftigkeit konditioniert und hatte immer Unrecht, wenn er schrie. Es ist wie beim Mühlespiel, wenn man keine Chance mehr hat.

»Wer waren die Erzieher in Ihrem Leben?«, fragt der Arzt.

Meistens selbsternannte. Einer war ein pensionierter Polizist und ohrfeigte ihn, als er sich, siebenjährig, auf die Freiheit dieses Landes berief. Andere wollten ihn zu Tauglichkeit und Pflichterfüllung erziehen, weil das zu seinem Besten wäre. Während er dem freundlichen Herrn erzählt, steigen ihm Tränen vor Wut in die Augen. Einmal hat er zurückgeschlagen, das weiß er noch, seinen Vater geschlagen, und er ist ausgerastet.

»Wir sind jetzt im Kern«, sagt der freundliche Herr. »Der Konflikt ist gut aufgehoben hier. Tragen Sie ihn hier drinnen, nicht draußen aus. Es hat keinen Sinn, sich jetzt in Situationen zu begeben, die ihn aktualisieren. Sie haben die Auseinandersetzung nicht in der Hand.«

Das stimmt, denkt er.. Eine Aporie. Ein immenser Antriebsverlust, als ränne seine Kraft durch ein heilloses Loch in die Welt aus und ließe ihn leer zurück..

»Tun Sie sich was Gutes! Ich werde Sie für eine Woche krankschreiben. Und ich schreibe Ihnen hier ein Mittel auf, dass Ihnen hilft, Abstand zu Ihren Gefühlen zu bekommen.«

Der Arzt bestätigt: Es ist eine prekäre Lage. Auch wenn er es gerade nicht mehr so empfindet.

Als sie hinaus treten, die Stadt im Regen, noch nicht einmal Mittag, atmet er auf. Mehrere Male. Nun hat er Zeit. Eine ganze Woche lang.

Leer steht er unter den Arkaden und wartet auf seine Frau, die im Kaufhaus etwas zu trinken holt. Niedergeschlagen, mutlos, vermummt in seine Jacke, die ihm keine Geborgenheit gibt. Regenhimmel wie eine Decke über der Stadt. In der Buchhandlung blättert er, liest Rezensionen, wirft einen Blick in fiktive Welten, aber nichts interessiert ihn. Der Schluck aus der Colaflasche löst die Niedergeschlagenheit. Im Drogeriemarkt schnüffeln sie sich durch Damenparfüms, stöbern unter Kräuterölbädern, kaufen eine Fliederseife, sie freut sich über den runden Spiegel zum Aufklappen, so einen hat sie sich immer gewünscht. Im *Weißen Löwen* sitzen sie in Holznischen und bestellen, was sonst in den Sommer gehört. Fasskraut, Krustenbraten, Semmelknödel. Dazu ein dunkles Bier, danach eine Zigarre. Alkoholische Sorglosigkeit unter der Schädeldecke. Sollen sie ruhig, denkt er. Sollen sie ihr Programm fürs nächste Jahr planen, sollen sie ihre CDs verkaufen und auf den Beginn des Kurses warten in der Volkshochschule – ich tu mir das nicht mehr an. Und er hat kein schlechtes Gewissen dabei. Geht es ihm besser? Ist der Widerstand noch da? Die Auflehnung? Woher soll ich das wissen?, denkt er. Er spürt nichts mehr. Er hört auf, in sich hinein zu horchen. Nein, damit ist Schluss! Zufrieden gehen sie heim: in ihre Wohnung, in ihrer Straße, in ihrer Stadt.

Stadtgang im Regen. Er liebt diese Stadt. Er hat sie zu seiner gemacht. An bestimmten Orten erlebt er das als Geborgenheit und Zuversicht. Die Hängebrücke über den Fluss, ein lehmbrauner, opaker Wasserkörper zwischen den Sandsteinmauern. Sie federt tatsächlich unter dem Schritt der Vorübergehenden. Die Türme der Lorenzkirche im grauen Himmel. Der Betonglaskomplex des Kinos, in dem er auch schon eine Vergangenheit hat. Im Hof des Heiliggeistspitals erinnern sie sich an das Bardentreffen, an die aufgebauten Bühnen und die Musik überall und dass tatsächlich damals alles anfing, auch die Arbeit an *Wittgensteins Traum*. Die Bank auf der Inselspitze, umgeben vom Strom und den hohen Mauern, von denen die Passanten herüberschauten.

Sie hat Lust, die Großstadt auszukosten, Kleider und Rollen zu probieren, auch wenn sie sich nichts leisten können. Kurze Röcke, Kostüme, ein schlichtes Prinzesskleid ohne Ärmel, in dem die Achselhaare zu sehen wären und wo ein warmer Parfümduft nisten würde. Die schimmernden, fältelnden Mäntel mit Bindegürtel. Hohe Lackstiefel, elegant und damenhaft. Sie nimmt den Stiefel vom Ständer und stellt ihn auf den Boden. Sie zieht den Reißverschluss auf, sie schlüpft hinein und schließt ihn.

»Da nun der Stiefel am Fuß ist«, sagt er, »muss der Rest auch noch verändert werden.«

»Später mal«, tröstet sie. »Wenn wir Geld verdienen.«

Sie zieht den Stiefel wieder aus und stellt ihn zurück. Hundertdreißig Mark. Sich etwas Gutes tun, denkt er. Ausprobieren, denkt er. Ja: ausprobieren, ob sich ohne Aporie leben ließe.

Er geht in die Stadtbibliothek, um nach Recherchematerial zu schauen. Ein imposanter mittelalterlicher Bau, ein mächtiges Portal mit übermannshohen Flügeltüren, drinnen das dunkle Foyer mit der Garderobe und den Schließfächern. Der Verbuchungstheke, und das Lesezimmer, hell von großen Fenstern.

Treppen geht es hinauf in drei Stockwerke, wo die Räume im Viereck um den Innenhof führen. Historisch-wissenschaftliche Abteilung. Dort sitzt er in einem der Sessel, schaut in den stillen Hof hinab und blättert die Bücher durch, die er ausleihen will. Ein Buch über den Hamburger Hafen. Ein Buch über Kyôtô und seine Tempelgärten. Ein Buch zum Erlernen der japanischen Kalligrafie und eines über Haikus. Ein Buch über Alzheimer: Symptome, Verlauf und Prognose. Beim Hinuntergehen entdeckt er in der Jugendabteilung Schütten mit Comics. Er schaut sie durch. Da sind sie alle wieder, die Abenteuer und die Figuren aus seiner Kindheit, sauber in großformatige Pappbände gefasst, wo sie früher als Fortsetzungen in den Heftchen standen, die er jahrgangsweise gesammelt hatte. Nun haben sie andere Namen, andere Texte in Handlettering, aber es ist wieder dieses Dachbodengefühl, dieser Schatzkistentraum, der ihn schon zu dem Antiquariat in der Südstadt geführt hat. Er beschließt, sich einige auszuleihen und sich zuhause eine schöne Zeit zu machen, gemütlich auf dem Sofa, beim Rauschen der Heizung oder im Schaumbad in der Wanne. Er ist gierig. Er würde am liebsten alle mitnehmen, damit sie ihm keiner wegschnappt. Aber er kann ja jederzeit wiederkommen und neue holen. Zuhause ist seine Frau begeistert. Sie liest auch gerne Comics. Ich liebe diese Stadt, sagt er.

Er schaut am Nachmittag einen Filmbericht über Seidenraupenzucht. Gefräßige Würmer auf riesigen Tabletts, die chinesische Bäuerin rupft die saftigen Blätter klein und streut sie darüber. Beständige Wärme, keine plötzlichen Veränderungen, die Tiere sind anspruchsvoll. Dann werden sie fett in ein Strohbüschel gesetzte, wo sie anfangen, ihre Kokons zu spinnen. Faden um Faden, glasiges, schleimiges Gespinst aus dem Maul eines Insekts, und zum Schluss ist das Nest ein festes Ei, das man abpflücken kann. Die Stoffeier werden in Körben gesammelt, in Tröge geschüttet, über Feuer gedörrt, damit das Würmchen im Inneren stirbt. Man braucht es nicht mehr, denkt er. Was zählt, ist das Produkt. Was zählt, ist dieses Wunder, das Gott sich hat einfallen lassen. Der Faden wird aufgehaspelt auf riesigen Maschinen und zu Ballen gewickelt, das glänzt schon und fühlt sich kühl und seidig an den Armen der Arbeiterin an. Am Ende schreitet ein Model auf dem Laufsteg, hochgewachsene Chinesin mit aristokratischer Miene, in hochhackigen Pumps, und an ihrem Körper fällt eng und glänzend das Seidenkleid, bauscht sich luftig,

spielt mit Leib und Licht. Der schwere Wolken-
brockat wird für traditionelle Gewänder ver-
wendet, darin Mädchen gesteckt mit angemal-
ten Kirschmündern, jedes Detail muss stimmen. Das erinnert ihn an das Buch, das er gerade liest, von dem Mädchen, das sich zur Geisha ausbilden lässt, im alten Kyôtô. China,
denke ich. Fünftausend Jahre Zivilisation. Und
kann keine Weltmarktqualität herstellen für
die Modefürsten in Paris, Rom, London. Stattdessen: bäuerliches Idyll am Fluss, mit Maul-
beerfeldern, Stocherkahn und Steinherd.

Im Badezimmer ist es kühl. Sie lassen den Heiz-
lüfter nicht laufen. Das Wasser sprudelt heiß in
die Wanne, und das grüne Öl entfaltet den
Duft nach Fichtennadeln. Der lange Abschied
von der Identität eines Menschen beschäftigt
ihn. Es ist sein Thema geworden, er weiß auch
nicht warum. Nach einer halben Stunde
schäumt er sich mit der Fliederseife ein, nachher duftet seine Haut schwach nach Frühlings-
abend. Es ist nicht mehr aufzuhalten, denkt er.
Im Schatten zwischen den Häusern ist es kühl.
Sie gehen mit offenen Jacken. Im Eingangsbe-
reich des Kaufhauses bläst warme, muffige
Luft. In zwei Schütten liegen Taschen, der Verkäufer berät ungefragt. Ein faltiges Gesicht,

runzlige Hände mit Ringen, lange graue Haare, ein Ohrring links, er muss schwul sein, denkt er. Ein schwuler Verkäufer von Damenhandtaschen. Manche haben mehrere Innenfächer, sind aber zu teuer. Andere sind billig, haben aber nur eines. Die blaue aus Nylon gefällt ihr. *Elegance* steht darauf, als wäre dies das Programm für ihre Zukunft. Knapp vierzig Mark zahlen sie im Baumarkt für ein Fichtenregal für das Schlafzimmer, das nun aufgeräumt, luftig, lichtdurchflutet ist. Sie haben die Decke am Wohnzimmerfenster abgenommen und heizen nur noch abends.

Der Hafen Hamburg, liest er. Heute ist der Hamburger Hafen ein modernes, in die Gesamtwirtschaft integriertes Dienstleistungszentrum mit der Aufgabe, Güter zwischen See- und Landverkehr umzuschlagen. Das Schiff prägt den Hafen. Für den Transport des Guts muss beim Schuppen der Kaiantrag gestellt werden. Anhand der Konnossemente stellt der Linienagent das Ladungsmanifest auf. Der Decksmann weist den Kranführer mit traditionellen Handzeichen an. Schwere Flurfördergeräte ermöglichen eine durchgängige Ersetzung von Muskelkraft und Sackkarre. Vorteile des Containers: gleichursprüngliche Normierung der technischen Ausstattung, wobei die Drehzapfen des Heberahmens in die Langlöcher der Eckbeschläge eingreifen und durch eine hydraulische Drehung um neunzig Grad verriegeln. Tor zur Welt: Philadelphia, Yokohama, Vancouver, Marseille, Singapore, Antwerpen. In der Speicherstadt werden gelagert: Leder, Südweine, Tee, Rasenmäher, Orientteppiche, Kakao, Silberbarren, Rohseide, Kaffee, Fotoapparate, Honig, chinesische Gitarren, Tabak, Nerzfelle, Haifischflossen, Saaten, Rum, Sisal, Pfeffer, Zimt und Muskat, Kreuzkümmel, Safran, Vanille. Wie in alten Zeiten hieven die Quartiersleute mit Winschen über die Speicherluke auf den Lagerboden. Es wird Nacht über Fleeten und Kontoren. Mancherorts brennt noch Licht, man arbeitet nach der Uhrzeit in Rio oder Tôkyo.

Im Restaurant spielt leise Musik. Das Schönste an den aufgehängten Bildern sind die Schriftzeichen, denkt er. Nur wenige Gäste, am Nebentisch unterhalten sich zwei Geschäftsleute mit den Vokabeln Hotel, Unternehmensführung und Wirtschaftlichkeit. Einem alten Mann schenkt der Kellner das zweite *Tsingtao*-Bier ein. Ihr Essen: Die Suppe ist sämig, sehr süß und sehr scharf, die Frühlingsrolle mit

Kohl und würzig, das Schweinefleisch durchwachsen. Wir müssen endlich mal den Wok kaufen, sagt sie.

Anschließend nehmen sie den Wagen und fahren hinaus nach Gleißhammer, um das Zeltnerschloss zu besichtigen. Unterwegs kauft er in einem Supermarkt eine Dose Cola mit Whisky. Am Ufer der Insel im Weiher, auf der das Schloss liegt, knüpft er sein gelöstes Schuhband an die Lasche der Dose und hängt sie zum Kühlen ins Wasser. Die Erlen sind kahl, die Uferhänge steigen in eine Stadtlandschaft, eine Montessori-Schule, die Bahnstrecke, Angler sitzen, ein Gartenlokal, Kleintierzuchtverein. Eigentlich gefällt es ihnen hier nicht, aber sie meinen, es müsse ihnen gefallen. Schließlich haben sie frei. Im Schloss wohnen Leute, Fahrräder stehen vor dem Tor, hinten hängt eine Jeans an der Wäscheleine, im Torbogen der Einfahrt Aushänge des Kulturladens der Stadt Nürnberg.

Er holt die Dose aus dem Wasser, lässt sie ungeöffnet, und sie fahren mit dem Auto nach Hause.

Nachmittags schaut er eine Natursendung über Haie. Mordlust in Zeitlupe. Der beim Zupacken entblößte weiße, wulstige Gaumen mit den Rasierzähnen, das hämische Nachfassen der Kiefer, das unheilbringende Jetzt-hab-ich-Dich, dabei zerfleddert die Beute bleich und blutig. Durch den trüben Lichtraum des Unterwasserriffs gleiten die Angriffsleiber, schnittig und gewalttätig, gemacht zum Töten. Wieso tut Gott das?, fragt er sich.

Aus der U-bahn ans Tageslicht kommend, ist es warm. Die Lindigkeit in den Straßen macht ihn lässig. Die Läden in ihrem Viertel haben schon alle geschlossen. Die Straße liegt im Schatten. Im Treppenhaus ist es kalt, sie freuen sich auf den friedlichen Abend.

Während Chiyo-chan der Hausmutter im Seidenkimono vorgestellt wird, im Innenhof eines Holzhauses im Kyôtô der dreißiger Jahre, läuft ihm beim Baden der Schweiß ins Ohr. Nachher duftet es im Wohnzimmer nach Melisse. Sie sitzt im Zimmer, unterm Lampenlicht lesend, ein stilles Bild. Als er mit erhitzter Haut heraus kommt, hat sie gesungen, Gitarre gespielt, geschrieben. Sie ist nachdenklich. Sie hat die Haare zurückgebunden mit dem Samtband, das er ihr geschenkt hat.

Den Abend aufbrechen. Noch einmal hinaus, ausgehen, Großstadt. Sie fahren mit der U-bahn zum Hauptmarkt. Im Schnellrestaurant essen sie Burger und Fritten, sie haben Hunger. Nachtschwärmer unterwegs, Gehen zwischen den Lichtern, durch die dunklen Gassen zur Burg hinauf. Scheinwerferkegel, raunende Veste. Auf der Freiung späte Gäste wie sie. Sie umarmen einander und bilden ein Liebespaar wie die anderen. Blick auf die nächtliche Stadt. Die angestrahlten Kirchen. Die Hochhäuser draußen in Langwasser. Die erleuchteten Plätze. Lichterpunkte, juwelenhaft schimmernd, ausgebreitet in der Schwärze. Das alles ist die Stadt. Sie schlüpft an ihn heran. Er küsst sie. Niemand denkt an Schlaf.

Bei dem schönen Wetter fahren sie Straßenbahn. Fahren gemächlich mitten über den verkehrsreichen Plärrer zwischen Autoschlangen hindurch, unbehelligt auf Schienen. Selbst beim Aussteigen ist es warm, sie hängen die Jacken über die Schulter, im Rucksack Brotzeit und Getränk.

Die Burg steht mit Mauern und Türmen in einen blauen Vorfrühlingshimmel. Noch haben das Holz und der Stein, die Bäume und Büsche keinen Geruch, es ist noch zu früh im

Jahr, und der Burggarten ist von einem Gatter versperrt. Die Bäume sind kahl, die Plätze und Straßen weit und hell. Viele Menschen sind unterwegs nach Ladenschluss, sie wollen den ersten Sonnentag genießen, lecken an Eistüten, schieben Kinderwagen, halten Händchen. Zwischen schmalen Gassen steigen die beiden burgwärts, erklimmen steile Treppen, finden den unteren Zugang zur Kaiserburg.

Am Fuß des Sinwellturms lassen sie sich nieder, schauen von der Freiung über die Stadt. Im Ferndunst blaue Hügelketten, der Reichsforst, Silhouetten von Schornsteinen, der Fernsehturm. Kirchturmspitzen: St. Lorenz, St. Sebald, St. Jakob, Frauenkirche, St. Egidien. Dachreihen krümmen sich vom Weißen Turm bis zur Kupferkuppel. Ein mittelalterlicher Holzschnitt in den Pastelltönen des Abends, entfaltet wie ein Leporello quer über den Horizont. Dann blitzt ein Dachfenster auf im Gewinkel und schickt ein Gleißen herauf, Zeichen der Huld.

Es ist heiß. Sie reden wenig. Manchmal schließt er die Augen und döst, hängt Gedanken nach. Der saure Geschmack des kühlen Saftes aus der Thermosflasche. Gruppen von Touristen drängen die Pflasterstraße herauf, Besucher, Paare, Ausländer, mit denen Englisch geredet wird. Als die Kaiserburg schließt,

finden sie auf einer Steintreppe vor der Jugend-
herberge einen späten Platz, um die Dinge zum
Abschluss kommen zu lassen. Er zündet sich
eine Pfeife an und sieht den Rauchschwaden
zu, wie sie über die Menschen unten dahin treiben und ihnen eine Witterung geben, süß und
geheimnisvoll an diesem Samstagnachmittag.

Seine Frau schaut alte Briefe ihrer Freundin
durch, die jetzt mit ihrem Mann in Richmond,
Virginia wohnt. Er liest vom langen Abschied,
vom gedämpften Sterben im Pflegeheim, von
Kindheitserinnerungen, von der Zeitlosigkeit
und Ichvergessenheit dieser düsteren Alzhei-
merkrankheit. Er spürt sich selbst, sitzend, rau-
chend, lesend. Seine Gedanken kommen zu
ihm wie fremde, stille Gäste, die von einer weiten Reise unter der Tür stehen, erwartet, vertraut, der Kessel mit dem Wasser ist schon auf-
gesetzt, der grüne Nachmittag schaut durch die
runden Fenster herein, und sie alle erzählen
ihm, jeder auf seine Art, dass die Straße wie ein
Fluss ist und die Quelle just hier beginnt, an
der Schwelle seines Hauses.

Er fühlt sich geborgen hier, mit dem Ge-
mäuer im Rücken. Gerne würde er auf einer
Burg wohnen, hoch erhaben über die Niede-
rungen der Stadt, dem Himmel benachbart
und unangefochten. Von hier aus schalten und
walten. Mit Gott im Gespräch jeden Morgen

und jeden Abend auf den Mauern. Und in der Ferne riefe der Kuckuck.

Als es Zeit ist, steigen sie in die Straßenschlucht hinab, hinein in den Menschenstrom und die Sandsteinbauten, hin zur Brücke, fort vom Himmel. Auch sie halten Eistüten in Händen, Waldmeistergrün und Limonengelb und Grapefruitrosa, denn die Eisdiele liegt hoch über dem Fluss unter Arkaden und erinnert ihn stets an die Binnenalster.

Ein Mädchen posiert und schaut sich keck um, der Pferdeschwanz baumelt, sie hat die Jacke am Saum geschnürt, unter dem die schlanken Beine in dunklen Strümpfen hervorschauen, in Schnürstiefeletten und weißen Söckchen. Die Ärmel der Jacke sind viel zu lang und weit, die Kapuze legt sich über ihre schmalen Schultern, sie könnte ein Vorbild sein, denkt er, für Daniels Freundin Maike.

Dann wendet er sich um zu dem Mädchen, das neben ihm sitzt: mit sattem Lippenstift bemalter Mund, betonte Augenkonturen, ein heller Teint, im Kontrast der schwarze Jackenstoff, der kordbesetzte Kragen, die blauen Pumps, Beine übereinander geschlagen und die Nylontasche lässig über der Schulter. Sie sitzt wie selbstverständlich neben ihm. Wenn er früher um diese Hausecke gebogen und sie erblickt hätte, allein, wäre er stehen geblieben und hätte sich verstohlen herum gedrückt, um sie betrachten zu können und zu denken: Was für eine attraktive junge Frau!

Er ist müde. Seine Augen werden schwer, wenn er sie schließt. Mit einer Tasse Tee setzt er sich an den Schreibtisch, schaltet den Rechner ein, wartet auf das Bild auf dem Monitor. Im Schreiben versucht er, wach und ruhig zu werden.

»Ich gehe jetzt die Wäsche abhängen«, sagt sie. »Ist es in Ordnung, wenn wir in zwei Stunden essen? Nachher möchte ich die Betten neu beziehen.«

Statt zu antworten schaut er sie an, sieht auf einmal ihre Augen, ihre Anwesenheit. Ein Schacht aus fremder Wirklichkeit stülpt sich über sie beide und nimmt sie heraus wie ein Fenster in einer Bedienungsoberfläche, das Hintergrundbild aus Dämmerblau und Kerzenflamme. Er kann nichts anderes, als sie anzuschauen. Wortlos. Es ist nur, als gäbe dieser Schacht aus Wirklichkeit eine Falltür in den Alltag, als könnten sie beide jeden Moment abstürzen in eine andere Welt, und deshalb schweigt er, um zu schauen, ob es passiert und ob es passiert, wenn sie beide nur still und aufmerksam genug sind.

Einmal muss er es ihr sagen, er weiß es. Sie haben versprochen miteinander ehrlich zu sein. Er weiß nicht recht, wie er anfangen soll. Er spricht von den Mädchen und jungen Frauen, die er immer in der Stadt sieht. An denen sein Blick hängen bleibt. Die ihm gefallen, die ihn anziehen. Jetzt stockt er. Sie schaut ihn erwartungsvoll an. Keine Unruhe, keine Skepsis.

»Hiob«, sagt er, »hat in der Bibel einen Bund mit seinen Augen geschlossen. Das möchte ich auch tun.«

»Warum?«, fragt sie.

»Um nicht in Gedanken meine Ehe zu brechen. *Wer eine Frau auch nur ansieht, ihrer zu begehren,* du weißt doch.«

»Begehrst du diese Frauen denn?«

Er überlegt lange. Er weiß, er kann ehrlich sein, und vielleicht wäre sie sogar erleichtert, wenn es nur das wäre.

»Ja und nein. Ich möchte mit ihnen keinen Sex haben. Ich möchte sie kennen lernen. Ich möchte sie spüren, ihren Körper entdecken. Das Wunder einer menschlichen Begegnung, verstehst du? Ich möchte keine Beziehung mit ihnen. Es ist eher so ein Heimweh.

Ich möchte mit ihnen eine Geschichte haben, sagt er. Sie alle verkörpern eine Geschichte, sie tragen sie mit sich herum, vielleicht ist es immer dieselbe Geschichte.«

»Was für eine Geschichte?«

»Ich glaube, so eine Art Heimkehrgeschichte. Aufbrechen in den blauen Abend hinein. Ankommen zwischen den ersten gelben Lichtern. Auf das fremde Haus zugehen, eine Adresse in der fremden Stadt. Beruhigung am Klingelknopf, schön, dass sie mir eingefallen ist. Schön, dass sie mir einfallen kann. Gerade zu ihr kommen an solch einem Abend, gerade dieses verhaltene, unausgesprochene Heimweh, das mich hinaus getrieben hat, Heimweh nach dieser fremden Welt, in die ich aufgenommen werde und einen Platz finde. Ja, ich glaube, es geht um Fremdheit und Heimatfinden.«

»Hast du denn bei mir keine Heimat gefunden?«

»Doch, das ist es ja. Für dich spare ich alles auf, was zu einem gemeinsamen Leben gehört. Du bist diejenige, zu der ich an einem solchen Abend kommen will. Und du bist nicht fremd, du bist vertraut und zuverlässig.«

»Aber du hättest gerne, dass ich manchmal ein bisschen fremder wäre?«

»Nein, auch das nicht. Ich habe das aufgeteilt. Du bist die Partnerin fürs Leben. Meine ganze Liebe, mein Vertrauen und meine Gedanken gehören dir. Aber das Abenteuer der Begegnung zwischen zwei Fremden, das

Wunder, wenn sich zwei Seelen finden und für einen Abend, für verborgene Stunden Heimat sein können – danach sehne ich mich noch immer. Das zieht mich an. Obwohl es sich eigentlich erledigt haben sollte.«

»Vielleicht kann ich ja ein bisschen diese Fremde sein«, sagt sie entgegenkommend. Er schaut sie an, in ihre Augen, er hat sie nicht verletzt. Er ist erleichtert. Aber gemeinsam können sie das nicht lösen.

»Es ist diese Sehnsucht nach Geschichten, nach den Geschichten von Frauen, Geschichten von Zärtlichkeit und Freundschaft und einander Erkennen, verstehst du? Dazu muss man nicht miteinander schlafen.«

»Aber insgesamt sind das ja Dinge, die allein deiner Ehefrau zustehen, oder nicht?«

Er nickt. »Du hast vollkommen recht. Deshalb beichte ich es dir auch. Ich habe dafür im Moment keine Lösung. Ich will das nicht so hinnehmen und mich heraus reden. Vielleicht ist es ja bei aller Schönrednerei simpler Ehebruch, ich weiß es nicht. Ich will mir das von Gott zeigen lassen.«

»Und wie gehen wir inzwischen damit um? Du kuckst Frauen hinterher und hast deine Geschichten im Kopf, und ich bin diejenige, die dich in Wirklichkeit gekriegt hat, und kann deiner sicher sein. So etwa?«

Er muss lachen. Eine solche praktische Lösung wäre ihm am liebsten. Dann lässt er das Thema fallen, weil es nichts mehr zu sagen gibt, er wollte es einmal loswerden.

Am Schluss bedankt sie sich, dass er so ehrlich war.

Flughafen Frankfurt, damals. Belgrad, Dubai, Singapore, Melbourne. Sitzen und warten und ihre Hände halten, kalt und schmal in seinen, die Angst und das Rattern der Anzeigetafeln und Erschöpfung, *departures*, alles ausweglos.

In einem Monat sind sie zwei Jahre verheiratet. Zwei Jahre ein Paar, zwei Jahre beieinander. Sie wollen nicht noch einen Monat warten, sie wollen jetzt feiern. Deshalb gehen sie mittags essen, in einem Erker des japanischen Restaurants in der Altstadt. Er notiert sich nebenher Details für Daniel Holtgreve, wenn er in Kyôtô sein wird.

»Ist es nicht klasse, was es in der Großstadt alles gibt?«, sagt er. »In der Heimat haben wir gerade einmal ein Chinarestaurant.

»Du, unten an der Pegnitz, gegenüber von dem irischen Pub, hat ein Sushi-Restaurant aufgemacht. Ein *Running Sushi*, wie es jetzt modern wird.«

»Reis und roher Fisch«, sagt er, »mit Seetang umwickelt?«

»Ja, das holst du dir auf Tellern vom Laufband.«

»Na, ich weiß nicht.«

Sie sitzen an ihrem Tisch gleich neben dem großen Grillblech, auf dem der japanische Koch ihr Essen zubereitet. Er brät das Fleisch auf einem Häufen, wendet es mit überlangen Stäbchen hin und her, an einer anderen Stelle brät er das kleingeschnittene Gemüse, fügt dann beides zusammen, Teriyakisoße darüber und fertig kommt es in ihre Schalen. Gegrilltes Huhn auf Sojasprossen mit Teriyakisoße, dazu frittiertes Gemüse und ein Kännchen Genmaicha. Schnell, frisch und einfach.

»Lass uns endlich einen Wok kaufen«, sagt sie. »Ich will das auch probieren.«

Er pflückt eine schmale Sumatra aus seinem Etui und zündet sie an, pafft genüsslich. Draußen hinter dem kleinen Fenster flattert eine Taube vom Ziegeldach auf.

Streit im Wohnzimmer. Der Vater schlägt die Mutter, er hört es im Bett. Er heult und wimmert, er hält es nicht aus. Vor Angst macht er sich in die Hose, aber er steht auf, durchquert den Flur, wo Licht brennt, tritt ins halbdunkle Wohnzimmer, wo es nach Zigarettenrauch riecht. Nicht schlagen!, schreit er und steht da, schlotternd, aufgelöst, er ist hilflos und will dazwischen gehen, marsch ins Bett!, droht der Vater, der übermächtige Schatten, nein, trotzt er und stellt sich hin, stellt sich dazwischen: Es ist meine Mama. Es ist mein Leben. Trotzig stellt er sich entgegen, lässt sich schlagen und in die Enge treiben, bis es zu viel ist. Bis der Hass und Widerstand in seinen Augen den Weg findet in seine Fäuste. Und er schlägt zurück. Er muss sich befreien, die Möglichkeit eines wahren Lebens. Das Leben des Vaters schließt sich hinter Türen ein, nachts, brütet dort drin und ist unberechenbar, unverfügbar. Wenn er wenigstens mit ihm reden könnte. Doch der Vater schließt sich ein mit Schmerz und Last und Lüge, schluchzt und glaubt, niemand höre ihn, doch der Junge steht vor der Tür und hört ihn und weiß nicht, was er tun soll. Der Junge weiß, dass der Vater als Kind aus der Napola floh, weil er es nicht aushielt, er verbrachte die Nacht vor Angst in der Hundehütte, wurde am Morgen mit Prügel empfangen und zurückgeschickt und musste die ganze Strecke zu Fuß, das war vor dem Krieg, vielleicht kommt alles ja daher. Scheiß Erinnerung, denkt er. Kein Wunder, dass er bis nach Melbourne flüchten wollte: bis ans Ende der Welt.

Krieg im Balkan. Kosovo-Konflikt. Abwendung der humanitären Katastrophe, heißt es. Tornados starten vom italienischen Piacenza, darunter vier deutsche, Tarnkappenbomber legen zehntausend Flugkilometer zurück, Marschflugkörper treffen Stellungen der Flugabwehr. Keine zivilen Ziele, keine Gefährdung der Bevölkerung, heißt es, bis gegen Mitternacht die Meldung nun doch bestätigt wird, dass eine alliierte Maschine abgeschossen worden ist. Das kennt er alles vom Golfkrieg her. Damals fing es auch so an, spätnachts, *deadline* im Januar, als dann der Himmel über Bagdad hell erleuchtet war und die Fernsehbilder von den grünen Lichterketten um die Welt gingen.

Eine Dokumentation über den Irakkrieg kommt ihm da gerade recht, um zu erkennen: Das erste Opfer eines Krieges ist die Wahrheit. Verlautbarungen, Presseerklärungen, Propaganda. Wer lügt über wessen Lügen? Der Panzerschrott in der irakischen Wüste strahlt, ohne dass die Soldaten davon wussten, Giftgasalarm wurde geleugnet und Krankenkarten vernichtet von Menschen, denen Sarin und Senfgas in den Eingeweiden frisst, Schützengräben wurden zu Massengräbern und napalmverbrannte lebende Leichen kletterten aus Panzerwagen – alles geleugnet. Erst jetzt nimmt der Verteidigungsminister von damals Stellung: Das ist Krieg. Was wollen Sie? Und im Grunde hat er recht. Krieg ist Krieg. Der Mythos vom sauberen elektronischen Krieg ist eine Lüge, die nun erneut aufgetischt wird.

Einen Tag lang treibt ihn das um. Und dann gibt es Christen in der Gemeinde, die für den Sieg der alliierten Truppen beten. Um das Unrecht zu beenden. Die Lüge, dass ein Krieg Kriege beenden könnte, besang schon Donovan in den Siebzigern. Abends nach den Nachrichten reden sie beide darüber, seine Frau regt sich auf, weshalb können Menschen nicht in Frieden miteinander leben?, sagt sie wieder, er regt sich über etwas anderes auf, weiß aber nicht, über was.

Während sie in der Küche sitzen, donnert es draußen. Der Himmel hat sich verdunkelt, die Straßen färben sich schwarz. Die Luft wird dick und feucht, es riecht nach Zoo, nach Sommer, nach Geheimnis. Es ist Frühling, sagt er. Unwiderruflich.

Den Wok besorgen sie im Kaufhaus in der Breiten Gasse. Er liebt Kaufhäuser, schon als Kind. Das Warmluftgebläse am Eingang, gleitende Glastüren, von den Rolltreppen riecht es nach getragenen Socken. Im Erdgeschoss die Glastheke mit Naschereien: Lakritzschnecken, Colafläschchen, Schnuller, Pfefferminzbruch, Schaumzuckererdbeeren. Die Mutter schaute in der Nähabteilung nach Hosengummi und Knöpfen. Im Obergeschoss Schaufensterpuppen mit Nerzen umgehängt, Kühlschränke, Waschmaschinen, Geschirr. In die Auslegware, basarbunt, wollte er sich immer hinein rollen und nach Indien geflogen werden. Hähnchenleber mit Pommes frites im Restaurant ganz oben, und am Schluss gab's noch ein sahniges Softeis aus der blinkenden Maschine, von dem er die getropfte Spitze abnippte. Erinnerungen.

Es gibt drei Sorten von Woks: aus Aluminium, aus Edelstahl und aus Gusseisen. Aluminium leitet die Wärme schlecht, und Gusseisen erweist sich als zu schwer. Der Edelstahl-Wok geht oben breit auseinander und hat eine kleine runde Bodenfläche, auf der gebraten wird. Es gibt auch beschichtete mit anderer Form, aber die sind für Europäer. Er hat sich schlau gemacht. Das brennt unten an und gibt eine Kruste, erklärt er, aber das macht nichts. Unter Zugabe von Soße oder Kokosmilch löst es sich meist wieder und gibt die Röstaromen ans Essen ab. Wenn ein Rest bleibt, lässt man ihn drin. Das wird dann zu einer Patina, die allen weiteren Essen das Aroma gibt. Deshalb wäscht man ihn auch nur mit heißem Wasser ab. Siebzig Mark. Er pfeift durch die Zähne. Schon vergessen?, sagt sie: Sich etwas Gutes tun.

Um sieben fährt sie weg. sie wird abgeholt, Richtung Niederbayern, zum Achtzigsten der Oma. Abends kehrt sie zurück. Er ist zum ersten Mal den ganzen Tag allein. Morgens strahlt die Sonne durchs Fenster, er ist früh wach. Er kommt sich wie halb vor, einer Stütze beraubt. Ihre Anwesenheit hat dem Tag Halt und Ordnung gegeben, merkt er. Er denkt sich Dinge aus, die er tun kann und ihn ablenken, damit er sich nicht einsam fühlt. Er tastet sich ängstlich durch die Stunden, ein Dickicht aus Gefühlen, Anfechtungen und Verzagtheiten.

Er geht in die Stadt, Erledigungen machen. Dort findet er wimmelndes Leben. Menschen, Einkauf, Geschäfte, Verkehr. Er fühlt sich besser. Jedes Eck, jeder Platz, jeder Laden hat mittlerweile seine Bewandtnis. Alle sagen sie ihm: Du lebst in Nürnberg. Trotz des Sonnenscheins ist die Luft kühl, er muss die Jacke anziehen und schwitzt dann. Er kauft beim Bäcker einen Laib Brot, tauscht eine Glühlampe um und besorgt im Drogeriemarkt zwei Stumpenkerzen.

Den Nachmittag verbringt er am Rechner. Er schreibt an einem der drei Romane, die er angefangen hat, trinkt eine Kanne Genmaicha dazu, brennt ein Räucherstäbchen mit Sandelholzduft ab. Im Hintergrund spielt Sommerpiano. Baumwollkleider, die transparent in der Brise fälteln, wehende Bänder, barfuß auf Feldwegen. Promenade, ein struppiges Gebinde aufs Fahrrad geklemmt. Die Lage im nächtlichen Wald spitzt sich zu, Janine muss sich entscheiden, und die Geschichte wird bald zu Ende sein.

Er hat das Manuskript von *Wittgensteins Traum* noch einmal gelesen. Nicht um etwas zu ändern, sondern um zu sehen, was der Roman mittlerweile für ihn ist. Beim Schreiben eines Romans, merkt er, ist er verrückt. Ein Stück heraus gerückt aus der Wirklichkeit in eine andere, in die Welt des Romans. Später, wenn er den Roman wieder liest, ist er erstaunt und manchmal sogar befremdet. Das Stück liest sich fremd und eigenständig. Es ist mittlerweile eine eigene Sache geworden, ohne ihn: ein Stück Literatur. Er hat Monate lang darin gelebt, verstrickt in die Handlungen und Zusammenhänge, und nun kann er vieles nicht mehr nachvollziehen. Fragt sich, wie er auf diesen Gedanken oder jene Wendung gekommen ist. Vorgänge erschienen beim Schreiben zwingend und folgerichtig, und nun beim Lesen entpuppen sie sich als eine von vielen Möglichkeiten. Seine Gedankengänge, seine ganze Sichtweise ist überraschend und neu, seine Charaktere haben eigene Leben. Er ist wieder zurück in der Wirklichkeit, und der Roman eine Botschaft aus einer fernen, eigenwilligen Welt, die er eine Zeit lang betreten hatte.

So wird es ihm auch mit dieser Welt gehen. Vielleicht ist das auch ein Grund, weshalb er schreibt. Weltflucht, Kopfkino. Zwischendurch hat er Hunger und schiebt eine Pizza in den Ofen, Salat dazu, danach spielt er am Rechner ein Computerspiel. Künstliche Welten: auf einer karibischen Insel pinselt eine Malerin an ihrem prophetischen Bild, ein Seemann sitzt am Pier und verschenkt Magneten, auf einem Felsen ist ein Krebs zu fangen und in einem Museum eine geheime Kammer zu entdecken. *Verwende Münze mit Brunnenhahn.* Dann geht es auf den Meeresgrund. Weiße Delphine und ein Megalithtor. Er beschließt, es gemeinsam mit seiner Frau weiterzuspielen. Sie hat immer gute Ideen.

Draußen dämmert es, während er über der Konzeption für einen neuen Volkshochschulkurs müde wird. Der Spruch auf dem christlichen Abreißkalender über Dienst an der Gemeinde braucht ihn gerade nichts anzugehen, entscheidet er. Manchmal hat er ein schlechtes Gewissen, weil er kein Gemeinschaftsmensch ist. Er ist ein Einzelgänger. Ob Gott das ändern will, weiß er nicht. Aber selbst wenn, wird er das behutsam machen. Unten klingelt es, und sie steht mit den Armen voller Bücher vor der Haustür.

Er drückt sie an sich und hält sie lange fest. Den Abend über verstehen sie lange nicht, dass sie getrennt waren, und deshalb auch nicht, dass sie wieder zusammen sind. Sie ist verquer und brütet vor sich hin, beim Fernsehen auf dem Sofa. Er legt den Arm um sie, weiß aber nicht, ob ihr das recht ist. Erst im Bett, aneinander gedrückt unter der Decke, finden sie wieder in eine Nähe zueinander.

Er kniet auf dem Sofa und schaut zum geöffneten Fenster hinaus. Es ist mild und will Abend werden. Er schaut den Leuten zu, die in den Straßen vorbei gehen. Ein Mann in Strickjacke fegt den Gehsteig mit ruckhaften, kurzen Bewegungen. Zwei Frauen gehen vorbei, ins Gespräch über Lebensmittelpreise vertieft. Ein Auto fährt mit Schritttempo an die Kreuzung heran und sucht offensichtlich einen Parkplatz. Drei kleine Jungs treten auf ein Fahrrad ein, das im Rinnstein liegt. Plötzlich wird er ganz mutlos. Das ist doch alles nicht zu leben, denkt er. Tag für Tag, einer hinter dem anderen. Er ist so erschöpft, dass er das Gefühl hat, den morgigen Tag nicht mehr zu schaffen. Ach, Herr, sagt er leise. Es hat keinen Sinn, an dich aus der Ferne zu glauben. Man muss ganz nah ran. Man muss eine Ehe mit dir führen. Erst dann bekommt man eine Ahnung, wie du es mit einem meinst. Er stutzt einen Moment, dann erkennt er das Fahrrad, auf das die drei Jungs eintreten, als das seiner Frau.

»He, was macht ihr da? Seid ihr verrückt?«

»Das lag hier schon«, ruft einer der Jungs.

Er verschwindet vom Fenster und sieht noch, wie die Drei weglaufen. Als er zur Haustür hinaus stürzt, sind sie natürlich verschwunden. Er schaut die Straßen auf und ab. Dann hebt er das Fahrrad auf. Das Vorderrad ist verbogen und der Lenker krumm. Er schiebt es zur Haustür und bringt es in den Keller.

Sechs Teilnehmer sind es. Er gibt ihnen verschiedene Schreibaufgaben. Einen Text erstellen nach Stichwörtern, eine kurze Lebensgeschichte, einen Text, bei dem sie frei assoziieren sollen. Die Texte werden, wenn gewünscht, im Plenum vorgelesen und besprochen. Er legt das Augenmerk darauf, wie die Autoren von sich selbst erzählen. Perspektive, Tonfall, Außensicht oder Reflektorfigur undsoweiter. Wenn sie ihn fragten, warum, würde er mit Max Frisch sagen: Geben Sie jemandem die Möglichkeit zu erzählen, was er sich vorstellen kann, und je länger Sie ihm zuhören, desto mehr erkennen Sie die Geschichte, die er für sein Leben hält. Jeder hat eine Geschichten von seinem Leben im Kopf, würde er sagen. Er erzählt sie sich schon morgens beim Aufstehen. Unausdrücklich, aber sie ist der Zusammenhang, in den er alles stellt, was passiert. Es ist gut, sich dieser Geschichte bewusst zu werden, würde er sagen. Man kann sie nämlich verändern, wenn sie einem nicht gefällt. Man kann die Fakten anders deuten und neu bewerten. Man kann seine Lebensgeschichte umschreiben und, wenn man unglücklich damit ist, glücklich werden. Das würde er ihnen sagen, herausfordernd, autoritativ, in der Gewissheit seiner Erfahrung. Aber es fragt ihn niemand. Sie schreiben ihre Texte.

Sie wollen den Wok einweihen. In dem kleinen Rezeptbüchlein finden sie: *Schweinefleisch Sze-*

chuan-Art mit Paprika. Sie schreiben einen Einkaufszettel und kommen überein, das Gemüse und Fleisch im Supermarkt und den Rest im Asia-Laden zu kaufen. Sie bekommen im Supermarkt alles, bis auf die Chilischoten. Im Asia-Laden finden sie den Rest. Die Chilischoten halten sich eingefroren, erklärt der Verkäufer, ein kleiner, älterer Chinese, und können einzeln nach Bedarf heraus geholt werden. Das Ganze kostet nicht viel, der Inhaber verkauft die Sachen nicht als Spezialitäten, sondern als Lebensmittel für den Hausgebrauch, alles ist direkt aus Asien importiert.

Zuhause breiten sie die Schätze auf dem Küchentisch aus. Der Wok muss vorbehandelt werden: Er wird auf dem Gasfeuer erhitzt, dann mit Öl eingestrichen, dann muss er erkalten, das Öl in den Edelstahl einziehen und zum Schluss das übrige Öl abgewischt werden. Inzwischen schneiden sie die Zutaten zurecht.

»Das Gemüse schnipple ich«, sagt sie.

»Denkst du! Ich will den Ingwer und die Chili schneiden.«

Schließlich schneidet sie Frühlingszwiebel in Dreizentimeterstücke, Paprika in Streifen, hackt zwei Knoblauchzehen in feine Stücke, und er schneidet das Fleisch, schält und zerkleinert eine Ingwerknolle und scheibelt zwei Chili mitsamt den Samen. Er will es scharf haben.

Den gemahlenen Szechuanpfeffer vermischt er mit dem Fleisch. Er riecht zitronig und ein wenig nach Pfeffer.

»Das ist übrigens gar kein Pfeffer«, sagt er.

»Sondern?«

»Hab ich vergessen.«

Dann mischt er esslöffelweise Austernsoße, Reiswein, Sojasoße, Sesamöl und Zucker zusammen und verrührt es. Die Soßenmischung kommt zum Schluss über das Gebratene. Sie stellen alles in kleinen Schüsseln bereit und setzen schon einmal den Reis auf.

»Eine tolle Art zu kochen!«, schwärmt sie. »Man tut alles nacheinander in den Wok und brät es. Keine vier Töpfe, in denen stundenlang etwas vor sich hin kocht. Das geht ruckzuck, das Gemüse ist bissfest und alle Vitamine bleiben erhalten.«

»Schön, so mit dir zu kochen«, sagt er.

»Wir sind ein gutes Team«, meint sie, und sie geben sich Highfive.

Es geht an die Zubereitung. Das Rührbraten übernimmt er, sie reicht ihm jeweils die Zutaten. Er lässt einige Spritzer Sesamöl im Wok heiß werden, schwenkt es und brät das Fleisch darin an. Nur kurz, er jagt es mit dem Schaber durch den Wok, das Sesamöl duftet aromatisch. Das Fleisch muss nicht durch sein, es gart später im Ganzen nach. Er brät es in zwei

Portionen, damit es nicht zu viel Saft ausgibt. Ein Hochgenuss, wie die zarten Fleischstreifen aufs heiße Öl treffen und zischen und brutzeln. Manchmal kleben sie auf der Bratfläche fest, die sich allmählich schwarz färbt, hoffentlich macht das wirklich nichts. Die Portionen füllt er nach nicht zwei Minuten in ein bereitgestelltes Schüsselchen um. Noch ein paar Tropfen Sesamöl, dann kommen der Ingwer und die Chili und der Sternanis hinein. Kurz andünsten lassen, damit sich die Aromen entfalten. Die Chiliringe entlassen eine erstickende Wolke aus Schärfe, die zum Husten reizt. Er gibt dann die Frühlingszwiebel und die Paprika hinein und rührbrät das Gemüse eine Minute lang. Beim Rührbraten wendet er das Bratgut mit dem Schaber und bewegt es im Kreis, sodass die Hitze überall hinkommt. Schließlich gibt er das gebratene Fleisch wieder hinzu, lässt es kurz aufwärmen und kippt aus der Schüssel die Soße darüber. Es zischt und schmurgelt. Jetzt noch mit geschlossenem Deckel drei Minuten köcheln lassen – fertig!

Inzwischen ist der Reis gegart. Sie nehmen ihre Chinaschalen mit dem blauweißen Muster, klumpen Reis hinein, schöpfen mit dem Vorleglöffel das Gericht dazu, verteilen die Soße sorgfältig, setzen sich an den Küchentisch und essen mit Stäbchen.

»Was ich durch dich alles kennen lerne!«,
sagt sie mit vollem Mund. »Das hätte ich nie
gedacht, dass ich einmal selbst chinesisch ko-
che.« Und dann, als sie den Mund leer hat,
meint sie liebevoll: »Und ich hätte nie gedacht,
dass ich einen Mann kriege, der kochen kann.«

»Ich liebe dich«, sagt er und schaufelt mit
den Stäbchen den Reis aus der Schale.

Beim Lorenzplatz geht ein junger Glatzkopf
schnorren, auf seinen Schultern turnt ein
schwarzweißes Frettchen an der Leine. Geld geben ihm vor allem junge Frauen. Sie belohnen
ihn nicht für das, was er tut - Musikmachen,
Jonglieren, Denkmalspielen –, sondern für das,
was er ist. Was er in ihnen weckt: wahrschein-
lich ein nicht eingestandenes anarchistisches
Gelüst, denkt er.

Im Drogeriemarkt hat er mittlerweile auch
schon eine Vergangenheit. Er sortiert CDs ins
Regal ein, als ihm von hinten zwei Hände die
Augen zuhalten. Zwei feuchte, kleine Frauen-
hände. Er dreht sich um.

»Kennst du mich noch?«, sagt sie und lacht.
Sie lacht hübsch.

»Klar«, sagt er und nennt ihren Namen. Er hat sie im Herbst letzten Jahres beraten, als sie Musik zum Lernen auf ihre Prüfungen suchte. Sie studierte Mathematik. Er empfahl ihr Bachs *Wohltemperiertes Klavier*. Die Fingerübungen für Pianisten mit ihrer mathematischen Präzision und ihrer transparenten Klangstruktur ordnen die Gedanken. Das hat ihr gutgetan, sagt sie. Sie hat die Prüfungen bestanden und will zum Promovieren nach Heidelberg.

»Dann werden wir uns nicht mehr sehen«, sagt er.

Sie zieht eine Schnute. »Schaaade, nicht wahr?« Ein Küsschen auf die Wange wäre statthaft gewesen. Am Abend holt der Abteilungsleiter jeden der Angestellten zu einem Briefing und beurteilt Stärken und Schwächen. Was er als seine Stärke ansieht, betrachtet der Abteilungsleiter als Schwäche: das Kundengespräch.

»Sprache ist mehr als Kommunikation«, sagt der Leiter. »Das Gespräch dient dazu, dem Kunden am Ende etwas verkauft zu haben. Das haben Sie zu wenig im Blick.«

Er sagt nichts. Dem kann er nichts erzählen von der wahren Dimension der Sprache. Der will seine Zahlen haben. Ich weiß nicht, denkt er, als er nach Hause geht, ob ich hier noch lange bleiben kann.

Klippschliefer im Fernsehen, plumpe, behagliche Pelztiere mit Paarhufen. Wüstenhühner und Rennmäuse, der Charaktervogel der Oasen ist gelbbraun und pickt in den Datteln. Ein unterirdischer Wasserlauf, wo die Beduinen anpflanzen, für Mensch, Tier und Leben. Gott lässt wachsen, denkt er. Er macht den Wüstenboden fruchtbar, lässt das Wasser strömen, hält die Sonne am Scheinen. *So lange die Erde besteht, sollen nicht enden Saat und Ernte.* Das ist ein zuversichtlicher Gedanke, denkt er.

Sie bringt von der Stadt einen Kühlschrankmagneten mit, den sie in der christlichen Buchhandlung gekauft hat.

»Findest du den doof?«, fragt sie.

Ein Brotlaib in einem Korb und Ähren darum herum, darüber der Psalmvers *Schmecket und sehet, wie freundlich der Herr ist.*

»Nein«, sagt er, »das ist eine super Idee! Gott hat uns mit der Schöpfung so viel Nahrung geschenkt. Jedesmal, wenn wir den Kühlschrank öffnen, werden wir daran denken.«

»Gell«, sagt sie, »das finde ich auch.«

Das Leben ist eine Reihe von Tagen, einer hinter dem andern. Joyce hat recht, schreibt er. Jeder muss

193

einzeln ins Reine gebracht werden. Man hat das Leben nie als Ganzes. Man hat vierundzwanzig Stunden, immer gleich, immer anders. Das Glück wird ein Tag sein, der Schmerz ein anderer; auch der große Aufbruch wird nur ein Tag sein. Man hat Schnupfen oder Blähungen oder verpasst den Bus, hat keine Zigaretten mehr oder kalte Füße, sucht einen Briefkasten oder ein Bett, wie Enzensberger schreibt, aber das Ganze verwehrt sich einem. Wir haben unser Leben immer nur täglich, schreibt er. Täglich treten wir hinzu zum Altar Gottes.

Es gab eine Zeit in seinem Leben, da war Einer, der ihm sagte: So bist du. Weil er allein mit ihm war, glaubte er ihm. Erst später, da ein Anderer da ist, begreift er: Er ist erst so geworden.

Im Lesezimmer der Bibliothek ist es still. Stimmen von der Verbuchungstheke. Ein Orientale kniet in der Ecke und betet; er hat zuvor ein Tuch ausgelegt und die Richtung gen Mekka bestimmt. Das Theologische Lexikon ist ein ungefüges Werk. Drei Bedeutungen zu *kairós*, enggedruckt, hundert einzelne Fügungen. In Kürzeln sind außerbiblische Autoren angegeben. Das erinnert ihn an Tübingen, den Geruch von

Holzdielen, die offenen Fenster zu den Gärten am Fluss, an gefüllte Regale in stillen Fluren, an das Denken, mit dem der Mensch die Dinge um sich herum erklären kann. Das Studium ist lange her. Was ist *meine* Geschichte?, fragt er sich.

Der Junge weiß nicht, wie ihm geschieht. Er kommt mit seinen Comicheftchen, die ihm am Bahnhof über den Abschied geholfen haben, an, kommt in ein Sechsbettzimmer, kommt in eine Hackordnung hinein, verleiht gutgläubig seine Heftchen und findet sie nie wieder, weint unter der Decke, als sie ihn mitsamt dem Bett wild durchs Zimmer drehen, steht dann selbst über dem Schwächsten, der sich ängstlich ins Bettzeug wühlt, und droht ihn anzupinkeln, muss nachts im kalten Schwesternzimmer sitzen, schreibt hundertmal in Schönschrift, dass er bei der Reckübung die Daumen nach innen legen muss, hat panische Angst vor dem Inhallierraum im Keller, wo es dampft wie in der Hölle und er durch eine festgeschnallte Maske ein Gas atmet, das ihm die Kehle pelzig macht, flüchtet sich verzweifelt in unanfechtbare Lügen, bittet Gott, dass er auf dem Klo wirklich muss, damit er nicht gelogen hat, denn die Erwachsenen durchschauen einen oder glauben einem nicht, er fürchtet sich vor dem Abendessen, wenn es jedes Mal den Tee mit dem widerwärtigen Trangeschmack gibt, er sieht, dass es um sechs Uhr draußen schon stockdunkel ist, er fürchtet sich vor dem Mittagsschlaf, den er draußen auf Feldbetten inmitten all der anderen machen muss, anderthalb Stunden stillliegen, nicht flüstern, nicht erwischt und bestraft werden, der Watzmann ganz nahe hinter Waldbergen, die Hilflosigkeit, die übermächtigen Schwestern, die Einsamkeit. Die verhinderte Rebellion. Die Auswege. Die unbegreifliche Verbannung in die Fremde.

An das alles denkt er, wenn er von Chiyochan liest, wie sie im Oriyan gegen Lüge und Willkür kämpft, wie sie verhindern will, dass sich Bitterkeit, Angst und Härte in ihrem Leben festsetzen, wie sie heil bleiben will. Unversehrt hindurch kommen.

Sie haben dich bedrängt von Jugend auf, doch sie haben dich nicht überwältigt, denkt er. Sie haben nur die Geschichte geformt. Sie haben an uns geschrieben gegen unseren Willen. Sie haben uns jemand zu werden gezwungen, der wir nicht sind, nur damit wir stehen bleiben bei dem Nichtbewältigten, es wieder und wieder durchleben, nicht vorwärtskommen, nicht erwachsen werden, bevor dies Eine geheilt ist.

Aber heilen kann nur Gott, denkt er.

Es wird Abend. Jetzt ist es länger hell. Er liegt auf dem Sofa, müde vom Tag. Er hat eine Tablette genommen gegen die Kopfschmerzen. Sie ist in der Küche und kocht eine Lauch-Käse-Suppe mit Hackfleisch. Im Fernsehen Werbung, die Börse, die Wettervorhersage. Dann die Nachrichten. Er lässt die Dinge einfach geschehen. Es wird nichts passieren. Es ist alles gut.

Du brauchst nicht auf das Große zu warten, sagt er sich. Es wird nicht kommen. Und selbst wenn es kommt, wird es wieder eine Reihe von Tagen sein, einer hinter dem andern. Das Große ist jetzt oder gar nicht. Aber das kannst du nicht hinnehmen, sagt er sich. Du sehnst dich lieber.

Rindfleischstreifen mit Zwiebeln und Sojasprossen. Der Reis klumpt wie immer. Im Hintergrund dudelt eine elektronische Orgel. Am Nebentisch: das Verstauen der restlichen Münzen klimpernd im Geldfach; das Zuknöpfen des Portemonnaies; die väterliche Verlässlichkeit des Mannes, der die Versorgung sichert. Später bricht durch die Scheibe die Sonne und leuchtet wie in ein Aquarium. Mittagstisch.

Im Asia-Laden kauft er weitere Gewürze und Soßen ein. Er staunt, was es alles gibt auf der Welt. Was für eine Vielfalt, was für ein Reichtum! Daran zeigt sich, wie freundlich Gott ist. Da gibt es Beeren und Nüsse, Schoten und Schalen, Rinden und Kerne, Früchte und Pilze, Wurzeln und Knollen, Stauden und Gräser, Sprossen und Samen, alles Mögliche, das wächst im Garten der Welt. So haben die Völker ihre eigenen Methoden und Mittel, das Gute zu gewinnen: Da wird gehobelt und geraspelt, zerkleinert und püriert, geräuchert und gepresst, fermentiert und gebacken, gesotten und gesalzen, gezapft und gedörrt. Er fragt sich, wie Menschen darauf gekommen sind, etwas essbar zu machen. Er stellt sich endloses Probieren und Versuchen vor und denkt sich: Welch ein Erfindungsreichtum angesichts der Fülle des Vorhandenen! Die Erde birgt einen Schatz. Eigens durchstreifen Schatzsucher die Weltgegenden, um unbekannte Rezepte und Speisen zu entdecken. Daran sich zu freuen, zu essen und zu trinken, ist dem Menschen als ein Glück gegeben, denkt er. *Schmecket und sehet, wie freundlich der Herr ist. Das* ist ein Grund, vor dem Essen zu beten!

Er kommt aus den Tiefen der U-bahnunterführung ans Licht. Es ist ein leichter Tag, Wärme in der Luft, er trabt launig die Königstraße hinab Richtung Hauptmarkt. Den arabischen Imbiss rechterhand kennt er, aber just fällt ihm das Wort »Falafel« ins Auge. Da läuten bei ihm Glocken. Kurzentschlossen geht er hinüber und lässt sich ein Fladenbrot geben mit den frittierten Kichererbsenbällchen darin, Salat und Sesamsoße. Er beißt voller Appetit hinein und setzt seinen Weg fort. Ja, Falafel. Zum ersten Mal gegessen damals an einem israelischen Imbissstand am I-Punkt. Berlin mit seinem Bruder. Transitstrecke, Schießbefehl, Mauergraffiti. Sie saßen im Café Kranzler und staunten, sie Landeier aus dem Westen. Auf dem Ku'damm schauten sie sich die Nutten an, die an der Straße standen, und Patty Smith besang die Nacht, die den Liebenden gehörte. Sie schauten von der Aussichtsplattform hinüber über die Mauer: der Minengürtel, die Stacheldrahtwälle, die Wachtürme. *You are entering now the American sector,* stand auf der Rückseite des Schilds, aus lauter Verzweiflung pinkelte er gegen die Mauer. Ein Freund seines Bruders stellte ihnen seine Bude zur Verfügung, Klopapier mussten sie kaufen und Kaffee, seine Schränke waren leer, er dankte ihm ironisch. Das alles in dem Wort »Falafel«: Erinnerungen.

Sie fahren zur kirchlichen Hochzeit ihres älteren Bruders ins Siegerland. Familienfeiern sind ihm ein Graus. Schon mit seiner eigenen Familie steht er auf Kriegsfuß. All die Nichten und Neffen und Kindeskinder, er hat den Überblick verloren, geht nirgends hin und hat den Kontakt abgebrochen. Und jetzt eine fremde Familie. Auf der Rückfahrt besprechen sie, wie es jeder erlebt hat.

»Völlig überflüssig, dass ich mit bin«, sagt er. »Ich kannte da kaum jemand.«

»Du bist mir zuliebe mit«, sagt sie. »Ich war froh, dass du da warst. Außerdem können die Leute auch etwas von dir haben. Du bist ein lieber und wertvoller Mensch«, sagt sie beim Fahren. »Du hast so viel zu geben.«

Er schweigt. Ob er beim nächsten Anlass wieder mitgeht, will er offenlassen.

Auf dem nächtlichem Rasthof, wo sie Pause machen, nieselt es leicht. Der Motor läuft gut, Kühlwasser und Öl sind nachgefüllt. Die Cola aus dem Automaten ist kalt, er bläst lustvoll den Zigarrenrauch ins Lampenlicht, hinter dem im Dunkeln der Verkehr rauscht. Wir kommen heim, denkt er.

Als sie sich Nürnberg nähern, die Lichter der Großstadt zu sehen sind, einfahren in die bekannten Straßen und wissen, dass sie eine Adresse dort haben, atmet er erleichtert auf. Er lehnt sich zurück und schließt die Augen. Das hier kann mir niemand mehr nehmen, denkt er. Das gehört allein mir, mir und ihr. Es ist gut, dass die Familien so weit weg sind. Und wer weiß, wohin es uns noch verschlägt.

Im Volkshochschulkurs kommt das Gespräch auf den Film *Und täglich grüßt das Murmeltier* mit Bill Murray. Einer meint, das erlebe er jeden Tag, und lacht bitter.

Er sagt: »Eigentlich ist mein Leben ein tägliches Abenteuer. Jeden Tag kann alles Mögliche passieren, man weiß nie, was Gott einfällt. Und bei aller Unsicherheit weiß man doch, dass es gut ausgeht.«

»Ein mutiges Leben«, sagt ein Anderer. Dann kehren sie zum Thema zurück.

Im Fernsehen sieht er einen Filmbericht über Delphine. Er erinnert sich an den Zoobesuch in Nürnberg, in dem Jahr, als sie sich kennen lernten. Wie er die klugen, flinken Tiere im Delphinarium bewundert hat. Wertvolle Geschöpfe, voller Lebensfreude. Wie die geschmeidigen Leiber durchs leuchtende Blau flitzen! Wie sie spielen und springen und sich freuen! Das Wasser ist ihr Element, dachte er damals. So wollte er auch leben können: dass das Leben auf dieser Welt auch sein Element wird, in dem er sich so wohl und selbstverständlich zuhause fühlt wie die Delphine im Wasser. Und die Delphine wurden für ihn ein Sinnbild für das Leben, das ihm Gott versprochen hat. Sie hat ihm einen Delphin aus Glas geschenkt, der auf der Fluke steht. Er nimmt ihn aus dem Regal, er hat schon Staub angesetzt. Er denkt an Carl Wittgenstein, der im Roman aus der Wirklichkeit erlöst werden will in eine andere, echtere. Als gäbe es nur dort Wahrheit und Substanz. Aber das stimmt nicht, denkt er. Dieses Leben hier ist genauso wahr. Gott handelt darin. Dieses Leben ist das Medium, in dem ich wahrhaftig bin. Es gibt kein anderes. Er schüttelt den Kopf. Ganz ist er mit dieser Erkenntnis nicht einverstanden.

In ihrer Straße grünen die Bäume. Der weite Bahnhofsplatz, der tiefe Wallgraben, die Straßenbahnen auf ihrem Schienengekreuz. Sie gehen gehen über den Steg beim Nationalmuseum und stoßen auf das Gewimmel der Fußgängerzone. Sie gehen Hand in Hand. Sie treten auf, in der Öffentlichkeit, gehen unter in der Anonymität, sind immer Zweisamkeit und Team. So lässt sich alles machen, denkt er. Es ist nicht so, dass sie nun in meinem Leben wäre, sondern so, dass wir beide in einem gemeinsamen Leben sind. Nicht wahr?, sagt er und gibt ihr einen Kuss auf die Wange.

Ein Weg unter Flaumeichen und Ginster. Sie werden tanzen auf goldenen Straßen, der Menschensohn und die herrliche Braut, sie werden strahlen und das Kleid wird von einem Weiß sein, wie kein Walker es weiß bekommt, ein Schimmer wird davon ausgehen und die Konturen verwischen und beim wirbelnden Tanz wird es einen Schweif aus Licht machen, ein weißes Leuchten auf goldenen Straßen. So spricht der Geist. Ein Weg unter Flaumeichen und Ginster. Ein Stück Zucker in den grünen Tee, an einem sonnigen Aprilmorgen kurz nach der Jahrtausendwende.

Sie liegen gemeinsam auf dem Sofa. Er hat den Kopf an ihre Brust gelegt. Das Fenster steht offen, es ist warm, die Geräusche der Straße dringen herein.

»Könntest du dir vorstellen, in Hamburg zu leben?«, fragt er.

»In Hamburg?«

»Ja.«

»Das ist witzig, dass du das fragst.«

»Warum?«

»Weil mich Gott dasselbe gefragt hat vor ein paar Jahren. Beim Praktikum in Hamburg. Obdachlosenarbeit. Da hat Gott mich gefragt, ob ich mir vorstellen könnte, später in Hamburg zu leben. Und ich habe Ja gesagt.«

Er sagt nichts.

»Warum gerade Hamburg?«, fragt sie.

»Ein bisschen der Traum von der großen weiten Welt. Ich träume ihn immer noch. Das ist so ein Kindheitsding, weißt du? Ein Vers aus dem Schlaflied, das mir meine Mutter immer gesungen hat, die Wolken, die ziehen weithin über die ganze Welt. Und ein Brettspiel, bei dem man als Tierfänger um die Welt fährt und Zoos beliefert. Hamburg hat den Hafen, weißt du? Schiffe. Das Meer.«

»Ich verstehe, was du meinst.«

»Ich stelle es mir inspirierend vor, dort als Schriftsteller zu leben. Ich würde durch die Stadt streifen, mich am Hafen herum treiben, mit der U-bahn nach Blankenese hinaus fahren. Ich hätte dort meinen Alltag. Am Tor zur Welt.

Mein Freund wohnt dort. Und es gibt viele Verlage in Hamburg.«

Sie sagt nichts. Draußen vor dem Fenster singt eine Amsel. Es dämmert bereits.

»Ich wäre dann ziemlich weit weg von meiner Familie«, sagt sie schließlich. »Und von allen meinen Freunden hier.«

»Ja, ich weiß.«

»Wie konkret sind denn deine Pläne?«

»Ich weiß nicht. Das ist nur so ein Wunsch.«

»Ich sollte es wissen«, sagt sie. »Dann bewerbe ich mich gleich nach Hamburg, statt hier in Nürnberg zu suchen, weißt du?«

»Nein«, sagt er. »Das will ich nicht. Such du zuerst in Nürnberg. Der Rest wird sich finden.«

»Okay.«

Ein Hortensienhimmel, hoch wie ein Kirchensaal über den Ziegeldächern der Burg. Die rotweißen Fensterläden in der Sonne, warmes Fachwerk, Pflasterstein. Sein Bruder ist an seiner Seite. Manchmal blickt er nachdenklich aus kleinen Augen, der rotblonde Bart leuchtet im Licht, er streckt sich auf der Mauer, und beim Aufrichten kommt er träge empor, aus dem Hemdschlitz lugt der runde Bauch hervor. Er ist älter geworden, denkt er, wie ich. Er sitzt am Tisch des Straßencafés über der Pegnitz, als wären es die Kolonaden in Hamburg, raucht, trinkt seinen Kaffee, und er kennt seine Stimme, seine Art, die Zigarette zu halten, sein Räuspern, seine Ereiferung, aber er kann nicht genug bekommen von diesem nachdenklichen Ausdruck in seinem Gesicht. Sie genießen das Leben. Er hat das vielleicht immer besser gekonnt als ich, denkt er. Sie bestellen Eisbecher, Curaçaoblau mit Sahne, sie stöbern in den dunklen Gängen der Burgherberge, sie lassen sich am arabischen Imbiss eine heiße Falafel geben und erinnern sich gemeinsam an Berlin, sie sitzen auf Bänken und reden und rauchen. Die Freundin des Bruders ist dabei und seine Frau. Fast sind sie eine Familie.

Draußen vor dem Fenster steht ein Kirschbaum. Die grünweißen Knospen von Regentropfen behangen wie von Perlen. Eine Tautropfenwelt, denkt er.

Es ist der Tod, über den er täglich nachsinnt, der schmale Pfad hinein ins Dämmer, steinig, unter Bäume, an Tempeln und warmen Feuern und kühlen Brunnen vorbei, steigend oder fallend. Die Auslöschung. Im Ozean aller Fragen, schrieb er früher. Wir können uns nicht einfach auflösen, sagte damals einer, du Narr, und stürzte sich hinterher.

Die Geisha holt das Glück ein wie ein Märchen. Jemand muss es ihr erzählt haben, sie hat es sich ausgedacht, aber nie geglaubt, und nun ist es wahr. Das schmale, trotzige, zarthäutige

Ding mit den wassergrauen Augen, mit denen sie die Welt durchschauen will und die zu gläsernen Teichen werden, wenn sie weint, dieses hoffende, verlangende Mädchen in ihrem knisternden Kimono mit dem dattelpflaumenfarbenen Untergewand – er glaubt's nicht. So ist die Welt nicht, denkt er. Stattdessen Aschereste im Hirn, Neurofibrillen und Vertiefung der Furchen, bis die Identität erlischt, weil es nichts mehr gibt, zu dem einer gleich sein könnte. Alzheimer. Weil alles auf den haarsträubenden Augenblick zusammenstürzt, auf das unlebbare Nadelöhr des Todes und der Zeit, eine egotektonische Katastrophe, ein mähliches Nachgeben des Grundes, aus dem er ist.

Schauer prasseln gegen das Fenster. Das Licht wirft Muster auf den Teppich, erstrahlt zu einer Verheißung, einer unwiderstehlichen Gnade, als müsste sie sich in diesem Augenblick ereignen. Dann erlischt es und versinkt wieder im Grau der Zeit.

Es ist ein Nachsinnen über die Zeit. Die Zeit ist ein lastendes Lied, denkt er, eine tonnenschwere Elegie aus dröhnenden Tönen rollend wie Steinschlag über einem vergessenen Tal. Die Zeit ist der dauernde Augenblick im Sitzen auf hölzernen Veranden, im Anblick eines ruhenden Gartens, den ein Geräusch des Wassers nur in die Ewigkeit erweckt, denkt er und erinnert sich an die Zeit in seinem Leben, als er Zen-Meditation betrieb. Ein tiefes Hineinhorchen in die Wirklichkeit, in ihre Bilder, und erlauschen, dass es Bilder sind, winzige Lücken in ihrem Gewebe, durch die nadelfein die Zeit schimmert und das Gewebe durchlässig macht, durchlässig für das Licht, das ewig leuchtet. Die Zeit ist das monochrome Muster der Plaques im sterbenden Gehirn, die Muster der Geschichte im sich furchenden Leben, Muster des Todes.

Der Tod ist verschlungen in den Sieg. Was bedeutet da Sieg?

Er muss lernen, anders zu denken.

Er muss lernen, die Welt anders zu sehen. Damit er Gott anders sieht.

Er liebt die geistige Sammlung. Das Versunkensein in den Augenblick, damit die Welt stillsteht und sich öffnet und sie schön, allererst schön wird. Damit er geborgen ist, beschützt vor dem Tod. Damit er den Strom der Zeit nicht mehr spürt, der unaufhaltsam zum Ozean zieht und ihm das Leben im Vorbeieilen verwischt zu einem ungenauen Ding, das er nie gehabt haben wird. Leben ist etwas, das ich nicht habe, schrieb er mit achtzehn. Dafür, dass es das Einzige ist, was wir haben, schrieb er, ist es zu wenig in seiner Art. Aber Leben ist ihm geschenkt.

Kiyoko heißt sie. Kiyoko Asamata. Daniel Holtgreve, der Ostasienexperte mit Alzheimer, lernt sie in Kyôtô kennen, verliebt sich in ihre zarte, melancholische Schönheit und in ihre kecke Fröhlichkeit, wenn sie am Tisch den Kopf zurückwirft und der Pferdeschwanz pendelt. Ihre Augen stehen merkwürdig weit auseinander, oder es sind nur ihre Iris, die ganz sacht in verschiedene Richtungen blicken, es ist eine seltsame Wirkung, die ihr Blick auf ihn ausübt und die ihn trifft wie ein langersehntes Wiedersehen vergessener Freunde.

Rin un tei. Der Pavillon den Wolken benachbart. Die Schiebewände sind zu einer Bühne geöffnet, im Freien auf der Veranda sitzen die geladenen Gäste, Daniel in Begleitung des Direktors der Kimonomanufaktur, zum ersten Mal wohnt er einer Nô-Aufführung bei, er hat einiges darüber gelesen und Fotos gesehen. Aber hier, auf dem luftigen Gipfel, nach dem Gang auf nadelbestreutem Pfad durch den

Kiefernwald, dem Blick auf den dunstverhange-
nen Talkessel der Stadt, der Schale Tee, die zu
Beginn jedem Gast gereicht wurde – hier ist es,
als würde ein Schleier von der Wirklichkeit gezogen. Die Schauspieler sind keine Schauspieler mehr, nicht einmal mehr Menschen, auch
keine Nichtmenschen, sie sind Zeichen. Sie bewegen sich zeichenhaft in einem entrückten
Raum wohlgeordneter Dinge, in einem Medium sorgfältig ausgewogener Stücke besetzten
Raums und unbesetzter Leere. Er versteht die
Geschichte kaum, die gespielt wird, irgendein
traditionelles *monogatari* in kehligen, dröhnenden altjapanischen Lauten artikuliert. Der Di-
rektor, ein Liebhaber des Nô-Spiels und selbst
einmal Schauspieler gewesen, erläutert ihm die
verschiedenen Stile, die Stufen der Kunst der
einzelnen Spieler. Es ist ein denkwürdiger
Abend, dort oben auf dem Gipfel, im Pavillon
den Wolken benachbart, und in Daniel wird
die alte Sehnsucht wach, das Verlangen nach
dem Übertritt. Was für ein Übertritt? Der
Übertritt in jene Wirklichkeit, die als uner-
forschter Abgrund hinter den Dingen sichtbar
wird, durch die Zeichen solcher Darstellung
wie heute Abend, in dem von den fetten
Schriftzeichen leergelassenen Papier, in der
Stille des Teeraums, in den winzigen Bewegungen des Gartens an einem bedeckten Früh-

lingstag. Er will erfahren, dass es sie gibt. Bevor er wie die Kirschblüte leise fällt, schön und rein und unverwelkt.

Heimweg im Abendregen. Hinter ihm hört er ein Fahrrad näherkommen. Das leise Geräusch des Dynamos. Wir sind jetzt alle auf dem Heimweg, denkt er. Sie biegt um die Ecke, ein rotes Rücklicht, das im Dämmerblau verschwindet. Nachher sieht er sie vor dem Haus stehen in ihrem gelben Regenumhang. Sie hat auf ihn gewartet.

Habt's ihr a jetzt grad den Schrei ghört?, singt Danzer. Ein Schrei, weit weg. War's a Katz oder a Vogel? Oder war's a kloanes Kend? Wer von euch hat den Schrei gehört? Aber niemand kann mi schrein hörn, woi der Schrei steckt in mir drin.

Es wird keinen Schmerz mehr geben, kein Leiden, keinen Schrei, der ungehört verhallt. Keine dunkle Nacht mehr, keine kalten Sterne, die den Schrei schlucken in ihrer Gleichgültigkeit. Kein Grab mehr, keine duftende Narbe unterm Heidekraut, wo die Zeit schläft und den Leib zerfrisst, bis nur noch Staub da ist. Keine Einsamkeit mehr. Er kann nicht mehr reden. Er kann nur noch schreiben. Er kann nicht sagen, was in ihm brennt, was sich aufbäumt wie unter übermächtiger Hand. Er kann nur noch alles auf seinen Gott werfen und hoffen, dass er hört.

Es ist weniger Geld auf dem Konto für diesen Monat als erwartet. Hinter der Sparkasse entdecken sie einen kleinen Wollladen. In der Haushaltsabteilung des Kaufhauses finden sie billige Gläser: Rotweinkelche, Sektgläser für insgesamt zwanzig Mark. Ein Milchkännchen aus Keramik mit graublauer Glasierung gefällt ihm besonders. Es erinnert an Dänemark und kostet zweiundzwanzig Mark. An der Kirche vorbei beginnt es zu regnen. Er hört die Tropfen auf seinem Hut, sie schlüpft unter dem Schirm eng an ihn heran. Der Schausteller, als goldener König verkleidet, bewegt sich ruckhaft und hebt bei Geldeinwurf sein Schwert, um das Kind zum Ritter zu schlagen. Es steht mit einer Eistüte in der Hand und schaut gebannt zu ihm hinauf. Als es zu regnen beginnt, steigt der König vom Podest herab, zieht die Handschuhe aus und kramt in einer Fahrradpacktasche. Beim feierabendlichen Gedränge in der U-bahn muss eines der Sherrygläser kaputtgegangen sein. In der Wohnung ist es warm. Beim Öffnen des Fensters riecht es nach Sommer. Während er auf der Toilette sitzt, hört er draußen den Verkehr und die Passanten.

Alltag, denkt er.

Leben.

Abends liegt er auf dem Sofa und liest vom Sommer in Mississippi, der zu Ende geht. Er raucht einen Tabak, der mit Mandarine und Brandy versetzt wurde. Seine Ruhe, sagt sie, mache sie rastlos. Er denkt stumm, während er liegt, liest oder raucht. Hinter ihm liegt ein abgeschlossenes Stück Leben. Einmal reden sie darüber, dass sie immer seine ungeteilte Aufmerksamkeit wolle. Sie ist traurig, er wird es auch.

Der Gummihandschuh liegt hohl auf der Spüle wie eine abgestreifte rote Hand. Sie hat ihn an der einen Hand getragen, an der sie ein Heftpflaster trägt, als sie die Gläser spülte. In der abendlichen Küche ist das Essen fertig. Er entzündet die Kerze. Es gibt Pellkartoffeln, Sahnehering und Butter. Die Butter zerläuft gelb über der Kartoffel auf der Gabel. Mit einer aufgespießten Scheibe wischt er die Sahne vom Teller.

Vor einem Hauseingang sitzt ein Asiate, bartlos, und verkauft Kalligraphien. Kein billiger Ramsch, sondern selbst gemalt auf Reispapier. Dessen Frau hilft ihm dabei. Er ist ein Professor, der aus China geflohen ist und nun darauf wartet, dass seine akademischen Titel in Deutschland anerkannt werden. Durch Kalligraphie verdient er sich ein Zubrot. Er sucht sich eines aus und fragt nach. Der Professor antwortet auf Englisch, dass es der Anfang eines Gedichtes von Li Tai Po sei. Er kennt es. Fünfzig Mark sind viel Geld. Es kommt in einen Rahmen und wird im Wohnzimmer aufgehängt. Er ist stolz darauf. Es ist authentisch. Ein Stück Fernost. Ein Stück weite Welt im Wohnzimmer.

Am ersten Morgen ihrer Prüfungen bereitet er ihr das Frühstück, bevor er zum Drogeriemarkt muss. Er tischt alles auf, was sie mag: Schokoladencroissant, Rührei mit Speck, Schinken mit Melone, Erdbeermarmelade, Müsli mit getrockneten Früchten, ein weichgekochtes Ei, Kakao, Kräutertee und ein Glas frisch gepressten

Orangensaft. Dazu schreibt er kleine Zettelchen, mit aufmunternden Sprüchen, Ermutigungen und Liebesbotschaften, die er passend zu den Lebensmitteln aussucht. *Zeig es ihnen!*, schreibt er zuletzt. *Ich liebe Dich.* Dann geht er aus dem Haus, und als sie es vorfindet, hat sie Tränen in den Augen vor Freude.

Das kennt er. Das Sitzen im Friseurstuhl, das Kratzen des Papierstreifens am Hals, die feuchten Haare und das Metall der Schere kühl auf der Wange. Die warmen Hände der Friseurin und ihr Parfüm, der weiche Busen, der sich beim Vorbeugen gegen seinen Arm drückt, die ständige Selbsternüchterung in den verschachtelten Spiegeln und der blaue Abend draußen, das Verkehrsrauschen der Durchgangsstraße. Das alles ist Wirklichkeit, denkt er. Ein Stück Wirklichkeit zum Aufschreiben und Nachhausetragen. Lauter Wirklichkeiten, wertvolle Legesteine in einem Mosaik. Im Hintergrund sitzt eine Kollegin mit großen Wicklern im Haar und schminkt sich seit einer halben Stunde. Ein blondes Mädchen fegt ungelenk den Boden. Aber was für ein Bild ergibt das?, fragt er sich, wenn man sie alle zusammenfügt?

Er sieht von der Badewanne aus zu, wie sie ihre Slipeinlagen wechselt. Sie sitzt breitbeinig auf dem Klo, nimmt eine neue Einlage, hält sie mit den Lippen fest und zieht den Schutzstreifen halb ab. Dann löst sie die gebrauchte aus ihrem Slip, faltet sie zweimal zusammen und schlägt sie in den Schutzstreifen ein, den sie ganz abgezogen hat. Sie wirft das Päckchen in den Mülleimer, klebt die neue akkurat fest und schlägt die Klebestreifen auf beiden Seiten um.

»Wie bist du eigentlich darauf gekommen, das so zu machen?«, fragt er. »Machen das alle Frauen so?«

»Keine Ahnung«, sagt sie. »Das habe ich mir selbst ausgedacht.«

»Du meinst, das macht jede Frau anders? Es gibt keine Mutter, die euch das zeigt?«

Sie zuckt die Schultern. »Weiß nicht.«

Sie hat gepinkelt, wischt ab, zieht im Aufstehen den Slip hoch und die Hose darüber.

»Ich warte im Wohnzimmer auf dich«, sagt sie, geht hinaus und schließt die Tür hinter sich.

Als der Kurs zuende ist, sitzt er mit den beiden Männern beim Bier. Der Eine erzählt eine Liebesgeschichte aus dem Vorarlberg, die ihm heute noch nachgeht, während seine Hände

216

das feuchte Glas halten und sich erst am Schluss, wenn er die Deutung nicht findet, öffnen. Der Andere lächelt warmherzig mit Augenfalten und findet die Weise, wie er mit sich selbst umgeht, problematisch. Während der Kellner das genaue Wechselgeld auszählt, schreiben sie einander ihre Adressen auf.

Der Chinese aus dem Asia-Laden gegenüber, Herr Phung, kennt sie mittlerweile. Meist kommen sie am Wochenende, wenn sie Zeit für etwas Besonderes haben. Am Samstag etwa besorgt er dort Minzblätter, Limettenblätter, Kokosmilch und gelbe Currypaste und findet im Kühlregal eines Kaufhauses in der Innenstadt französische Flugentenbrust. Das gibt ein Essen! Und seine Frau freut sich ein Loch in den Bauch, als sie von der Spätschicht am Flughafen nach Hause kommt.

Auf dem Weg zum Ohrenarzt. Beim ersten Mal im Winter waren sie zu zweit. Er sieht noch den Mantel an der Bude hängen auf dem Weihnachtsmarkt. Das Treppenhaus, der Lift, die Arztpraxis, in der es nach Linoleum riecht und ein Poster vom Schloss Lichtenstein an der Wand hängt. Der Arzt fackelt diesmal nicht lange, tränkt einen Gazestreifen mit Salbe und schiebt ihn ihm quatschend und schmierig ins Ohr. Wohltuend. Gehörgangentzündung, sagt der Arzt. Zugluft meiden. Er weiß, dass er gegen Zugluft empfindlich ist. Aber jetzt wird es ja wärmer.